모리와 함께한 화요일

모리와 함께한 화요일

TUESDAYS WITH MORRIE

S m t W T F S
1 2 3 4 5
6 7 8 9 10 11 12
13 14 15 16 17 18 19
20 21 22 23 24 25 26
27 28

살림

암이라는 무서운 적과 맞서 싸우는
세상에서 가장 용기 있는
내 동생 피터에게 이 책을 바칩니다.

모리가 이곳에 준 선물

노은사 곁에 앉아 마지막 수업을 들은 지 15년이란 시간이 흘렀습니다. 때로는 이보다 더 오래된 것 같은 느낌이 들고 또 가끔은 내일이라도 당장 다시 그곳에 갈 수 있을 것 같은 기분이 들기도 합니다. 『모리와 함께한 화요일』이 출간된 후, 저와 다른 많은 독자들의 인생이 어떻게 바뀌었는지 이 글에서 제대로 설명할 수 있을지 모르겠습니다.

사실 처음부터 책을 엮어 볼 계획은 없었습니다. 모리 교수님을 찾아가기 시작할 당시 저는 영혼의 결핍을 느끼고 있었습니다. 다시 그를 만나면 희망이나 생기와 같은 것들을 되찾을 수 있을 것 같다는 기분이 들었지요. 학창 시절에 그랬던 것처럼 말입니다. 그러나 모리 교수님을 몇 번 방문한 다음 저는 치료비로 인한 그의 빚이 엄청나다는 사실을 알게 됐습니다. 그래서 우리의 이야기를 책으로 쓰면 그에게 도움이 될 거라고 생각했습니다.

처음엔 아무도 이 이야기를 책으로 출간하려고 하지 않았습니다. 다들 너무 우울하다거나, 죽어 가는 노교수의 이야기는 아무도 읽지 않을 거라는 식으로 말했지요. 하지만 마침내 출판사를 찾았고 돈도 생겼습니다.

제가 그 돈을 건네자 교수님은 우시더군요. 그때는 그가 세상을 떠나기 직전이었습니다. 저는 '내게 가장 좋은 영향을 주셨던 분을 위해 마침내 괜찮은 일 하나를 했다.'면서 그 순간이 제 인생의 정점이었다고 늘 말하곤 합니다.

제게 그것은 '모리와 함께한 화요일'의 마지막 순간이었습니다. 그러나 다른 사람들에게는 이것이 시작에 불과합니다. 사람들은 모리 교수님의 멋진 여정을 읽은 후에 제게 사랑, 희망, 용기, 지혜와 같은 것들에 대해서 이야기합니다. 사람들은 이제 좌절과 낙담이 아닌 힘을 얻습니다. 그리고 죽음이 아닌 삶을 이야기합니다.

모리 교수님이 이야기한 것처럼 "어떻게 죽어야 할지 알면 어떻게 살아야 할지 알게 된다."라는 조언이 바로 이 책의 주제입니다. 삶이 영원히 계속되지 않는다는 것을 깨달아야만 삶을 소중히 여기게 되지요. 세상에서 보낼 날이 정해져 있다는 것을 깨달아야 하루하루를 최우선으로 삼게 됩니다.

　❀❀❀ 죽음이라는 어두운 미지의 세계를 들여다보고 삶에 대한 환한 빛을 끄집어내는 교수님의 능력은 이 세상에 주어진 커다란 선물이었습니다. 저뿐만 아니라 이 책을 읽는 모든 사람들에게 말입니다. 특히 그중에서도 한국의 독자들에게 감사드립니다. 미국 다음으로 이 책이 처음 출판된 나라가 바로 한국이었거든요. 처음으로 다른 나라 언어로 인쇄된 책을 보니 제 스승님이 아주 자랑스러웠습니다. 그는 바다 건너에까지 가르침을 주었다는 생각으로 환하게 미소를 지을 겁니다.

　저는 사람들에게서 모리 교수님의 어떤 가르침이 가장 마음에 와 닿느냐는 질문을 종종 받곤 합니다. 그 답변을 찾기란 몹시 어렵지요. 그의 음성이 늘 제 안에 있으며 매일 그에게 배움을 얻기 때문입니다. "죽음은 생명을 끝내지만 관계를 끝내는 건 아니다."라는 교수님의 말씀에 제가 배운 많은 것들이 응축되어 있습니다.

　떠난 후에도 우리는 다른 이들의 마음속에서 계속 살아갈 수 있습니다. 그러나 여기에 없는 상태에서도 관계가 지속되길 원한다면 여기 있는 동안에 그 관계들에 전념해야 합니다. 그러니 제가 자주 그랬듯이 종일 일만 하며 시간을 보내지 말고, 사랑하는 이들을 위한 시간을 쌓아야 합니다. 주말과 휴가 때만이 아니라 매일매일 그래야 합니다. 텔레비전이나 인터넷에만 몰두하지 말고 인간관계에 마음을 쏟아야 죽은 후에 "이런저런 점이 모자란 사람이었다."라는 평가를 받지 않습니다.

저와 모리 교수님의 관계는 그가 떠난 후에도 풍요롭게 지속되고 있습니다. 그가 여기 있는 동안 자신을 제게 쏟아부었기 때문입니다. 예전에 교수님은 어깨에 작은 새가 있다고 상상하고서 매일 아침 "오늘, 생이 끝나느냐?"라고 물어보라고 제게 말한 적이 있습니다. 저는 그 제안을 조금 바꿔서 실천해 나가고 있습니다. 제 어깨에 모리 교수님이 있다고 상상하고 매일 그를 불러내 묻습니다.

"제가 교수님이 가르쳐 주신 대로 살고 있습니까? 교수님이 말씀하신 걸 잘 실천하고 있습니까?"

제게도, 이 책을 읽는 모든 이에게도 "그렇다."라는 대답이 나오길 바라고 또 기도합니다.

이 책은 수십 개 언어로 학교, 대학, 교회, 세미나, 기업체, 병원 등지에서 수백만 독자와 만났습니다. 하지만 제 글이 마법을 발휘했다고는 생각하지 않습니다. 대신 모리 교수님이 죽어 가면서 온 우주의 인간애를 몇 줌 쥐어서 책이라는 모양으로 하늘에 뿌려 줬다는 생각이 듭니다. 마치 눈처럼 뿌려진 그것이 우주로부터 세상의 독자들에게 조용히 내린 것입니다.

한국 독자들 모두가 모리 교수님의 마지막 수업을 즐기길 바랍니다.

2010년 1월

미시간주 디트로이트에서

미치 앨봄

모리 교수님의 소원

『모리와 함께한 화요일』이 세상에 나온 지도 벌써 10년이 흘렀습니다. 이 책의 열 번째 생일을 기념해 제게 몇 가지 기억과 감회를 써 달라는군요. 그런데 그게 말처럼 쉽지가 않습니다. 왜냐하면 이 책이 그동안 수많은 독자들의 삶을 변화시킨 것처럼 다른 한편으로는 제 삶도 바꿔 놓았기 때문입니다. 어디에서부터 시작해야 할까요?

책에는 포함시키지 않았던 어떤 일화를 얘기할까 합니다. 원래 원고에 집어넣으려고 했지만 이런저런 이유로 빠졌던 내용입니다. 지금 바로 그 이야기를 하려고 합니다. 10년이 지난 후에 말이지요.

대학 시절 은사님이셨던 모리 슈워츠 교수님에게 제가 오랜 만에 전화를 걸었을 때, 그는 근위축성측삭경화증(루게릭병)이라는 끔찍한 마수에 잡혀 있었습니다.

'내 이름을 기억이나 하실까?'

그때 저는 제 소개부터 다시 해야 할지도 모르겠다고 생각했습니다. 16년 만에 그에게 처음 연락한 것이었기 때문이죠. 대학 시절 저는 모리 교수님을 '코치'라고 부르곤 했습니다. 전 그때도 스포츠에 푹 빠져 있었으니까요(저자는 스포츠 칼럼니스트이다 - 옮긴이).

"안녕하세요, 코치님!"

저는 이렇게 불러 봤습니다. 수화기를 통해 "여보세요."라는 교수님의 목소리가 들려왔습니다. 저는 침을 꿀꺽 삼키고 답했죠. "모리 교수님, 저······ 미치 앨봄입니다. 1970년대에 선생님 제자였습니다. 아마 기억 못하시겠지만요."

그런데 수화기를 통해서 대뜸 버럭 하는 목소리가 들려왔습니다.

"왜 코치라고 안 불러, 이 녀석아?"

바로 그 순간부터 저의 여행이 시작됐습니다. 한 통의 전화로 인해 저는 마음의 무게감을 안고서 웨스트 뉴턴을 방문했고, 그 뒤로 화요일마다 모리 교수님을 찾아뵈었으며, 느리고 괴로운 투병 기간을 함께하다 마침내 그의 조용하고 존엄한 임종까지 지켜봤습니다. 한 통의 전화로 인해 저는 결국 그의 장례식에 서 있게 되었고, 개인적인 애도의 시간을 가진 후에 지하에 있는 방으로 내려가서 여러분들이 지금 읽고 있는 이 책의 원고를 써 내려가게 됐습니다. 그리고 나서 초라한 부수의 초판을 찍은 후, 10년이 지난 지금까지 200쇄를 넘기게 됐습니다. 전혀 예상치도 못했던 일입니다.

이 책은 미국의 독자들이 맨 처음 먼저 손에 들었지만 점점 다른 나라 언어로도 번역이 되더니 많은 학교의 권장 도서로 선정됐습니다. 또 많은 사람들이 결혼식과 장례식에서 이 책을 낭독하기도 했습니다. 한 통의 전화로 인해 저는 수천, 수만 통의 편지와 이메일을 받았고 어떤 낯선 이는 저를 껴안고 울기도 했습니다. 그러나 결국 이 모든 사람들이 제게 하고 싶었던 말은 이 한마디로 정리될 수 있을 것입니다.

"당신의 이야기가 우리에게 큰 감동을 주었어요."

하지만 이것은 제 이야기가 아닙니다. 바로 모리 교수님의 이야기입니다. 모리 교수님의 초대장입니다. 모리 교수님의 마지막 수업입니다. 저 역시 그의 파티에 초대받았을 뿐입니다.

"왜 코치라고 안 불러, 이 녀석아?"

저는 잊어버렸습니다. 그러나 교수님은 기억했습니다. 그것이 우리 두 사람의 차이입니다. 모리 교수님은 이렇게 해서 저를 변화시켰고 이제 저는 모든 것을 기억합니다. 어떻게 안 그럴 수 있겠습니까?

이 책이 베스트셀러가 된 후 저는 거의 매일 모리 교수님에 관한 질문을 받았습니다. 그럴 때면 저는 16년 동안 무심했던 저에 대한 모리 교수님의 복수의 산물이 바로 이 책이라고 농담하곤 했습니다. 이제 저는 그의 영원한 학생이 됐습니다. 한마디로, 코 꿰였지요. 매년 봄과 가을에 개강을 하면 똑같은 그의 교실로 돌아가야 합니다. 계속, 또 계속이요……. 하지만 괜찮습니다. 저는 교수님으로부터 매 학기 새로운 무언가를 배우고 있으니까요.

사실 30년 전에도 그렇게 느꼈습니다. 그는 짧은 구레나룻에 노란 터틀넥 스웨터를 입고 학생들 앞에서 손을 크게 휘저으며 늘 무언가를 말했습니다. 저는 그때 그 말들을 다시 느끼고 있습니다. 끔찍한 병이 교수님을 안락의자에서 꼼짝도 못하게끔 만들어 그의 목소리는 속삭이는 것처럼 작아졌고 마침내 저를 바라보기 위해 고개를 돌릴 수조차 없었습니다. 그런 병중에도 교수님은 언제나 현명하고 사랑할 줄 아는 분이었습니다. 자신이 늘 바라 왔던 것처럼 그는 훌륭한 스승임을 입증했습니다.

저는 이 글을 쓰기 전에 당시 우리가 함께 나눴던 대화를 적어 놓은 노트를 다시 펼쳤습니다. 저는 테이프에 기록했던 모든 음성을 종이에 옮겨 적었고 이들을 다시 주제별로 분류해 놓았습니다. 노트를 이리저리 넘기며 추억 위를 거니는 동안 저는 교수님의 목소리를 다시 들었습니다. 마치 바람에 흔들린 풍경들의 소리가 귀를 스치듯이, 다시 새로운 무언가를 발견할 수도 있겠다는 느낌이 들었습니다. 이 세상의 모든 일들에 신선한 공기를 쐬어 줄 무언가를 말이죠. 제 마음대로 그 주제에 '죽음 후의 삶'이라고 이름 붙였습니다.

모리 교수님은 스스로도 인정하셨듯이 오랫동안 무신론자였습니다. 하지만 루게릭병 진단을 받은 이후 그는 새로운 탐험을 시작했습니다. 그는 종교적 가르침들을 파고들었습니다. 1995년 8월의 어느 화요일(제 노트에 의하면), 우리는 이 문제에 대해 이야기했습니다. 교수님은 한때 죽음이란 '차가운 끝'이라고 믿었다고 합니다. "땅속으로 들어가고 나면 그걸로 끝이야."라고 말이지요. 하지만 그는 이젠 다르게 느낀다고 말했습니다.

"그러면 지금 교수님의 관점은 어떤가요?"

제가 그에게 물었습니다. 교수님은 언제나처럼 정직하게 말씀하셨죠.

"아직 단언하긴 뭐하지만……, 이 모든 것들을 전부 우연이라고 믿기에는 우주란 너무나 조화롭고 웅장하고 압도적이군."

한때 무신론자였다는 분이 무슨 소릴 하시는 걸까요? 모든 것들을 우연이라고 믿기에는 우주가 너무 조화롭고 웅장하고 압도적이라니. 기억하건대 교수님이 이 말씀을 하셨을 때 그분의 신체는 이미 텅 빈 나무와 같았고 누군가 대신 씻겨 주고 입혀 주지 않으면 안 될 정도였습니다. 또 누군가 대신 그의 코를 풀어 주고 밑을 닦아 줘야만 했습니다. 그런데 이 세상이 조화롭고, 웅장하다니요? 그는 이처럼 고단하게 썩어 가면서도 세상의 장엄함을 발견했습니다. 그렇다면 남은 우리에게 과연 그것이 어렵기만 한 일일까요?

사람들은 종종 저에게 물어봅니다. 모리 교수님에 대해서 가장 그리운 것이 무엇이냐고 말이지요. 저는 인간의 본성에 대한 그의 신념을 그리워합니다. 삶을 고귀하게 바라보던 그의 두 눈을 그리워합니다. 그리고 그의 웃음을 그리워합니다. 진심으로 말입니다.

교수님과 '죽음 이후의 삶'에 관해 이야기하던 그날, 우리의 대화 주제는 '환생'으로 확대됐습니다. 만일 무엇이건 원하는 대로 환생할 수 있다면 그는 한 마리 작은 가젤 영양으로 태어나고 싶다고 했습니다. 노트를 다시 읽어 보니 저는 그 말에 농담으로 대꾸했더군요.

"좋은 소식은 선생님이 그렇게 환생할 거라는 겁니다." 그러곤 말했죠. "나쁜 소식은 (점점 심해지는 초원의 사막화로 인해) 십중팔구 사막의 어딘가에 있을 거라는 것이고요."

"맞아."

교수님도 웃었습니다.

우리는 이런 식으로 많이 웃었습니다. 아마도 믿기 힘들겠지만 죽음이 문턱까지 와서 기다리고 있던 때에도 그는 그랬습니다. 세상 그 누구도 모리 교수님보다 웃음을 좋아하진 않을 겁니다. 누구도 그보다 해맑게 웃지도 못할 겁니다. 제가 시답잖은 잡담을 하고 있는 동안 그는 웃으면서 흙이 되어 부서졌습니다.

그래서 전 그런 기억들을 그리워합니다. 그의 인내를, 그의 학술적인 온갖 인용구들을 그리고 음식에 대한 그의 사랑과 음악을 들으면서 슬며시 눈을 감던 그의 모습을요. 그러나 역시 가장 그리워하는 것은 바로 제가 그의 방에 들어설 때마다 저를 보면서 반짝이던 교수님의 눈빛입니다. 이는 매우 소박하면서도 어쩌면 이기적인 바람인지도 모르겠습니다.

누군가 당신을 보게 돼서 진정으로 행복해할 때 우리 마음의 빗장은 어느새 녹아내립니다. 마치 집에 돌아온 느낌과 같지요. 매주 화요일마다 그의 방으로 들어설 때, 창문에 히비스커스 화분이 놓여 있는 그곳으로 제가 연속극 같은 개인사건 짐짝 같은 고민이건 무엇을 함께 끌고 가든지 모리 교수님이 절 반겨 주면 그 모든 부정적인 것들이 씻은 듯 사라져 버렸습니다. 왜냐하면 교수님이 진정으로 저와 함께 있고 싶어한다는 것을 느꼈기 때문입니다. 비록 그의 눈은 오그라들고

귀는 덮였고 입은 말을 방해했지만 그 삐드렁니 사이로 번지는 웃음과 함께 저는 늘 환영받았습니다. 다른 사람들은 제게 말합니다. 교수님에게서 그들도 나와 같은 걸 느꼈다고요. 아마도 그는 몸을 갉아먹는 병으로 인해 산란한 마음이 벗겨져서 우리들이 허우적대는 일상의 소소한 문제들을 모두 지워 버렸는지도 모릅니다. 그래서 그토록 삶에 충실할 수 있었을까요? 아마도 단지 자신의 시간을 더욱 아끼려 했던 건지도 모르겠습니다.

우리가 함께 보냈던 화요일들은 마치 한 번의 긴 포옹처럼 느껴졌습니다. 물론 모리 교수님은 팔을 움직일 수도 없었지만요. 그 기억이 가장 그립습니다.

『모리와 함께한 화요일』의 출간 이후 10년 동안 저는 이 책이 이토록 유명해질지 짐작이라도 했느냐는 질문을 수없이 받았습니다. 언제나 제 대답은 웃으며 고개를 흔들고 이렇게 말하는 것입니다.

"출판사 창고에서 썩을 줄 알았어요."

사실 이 책은 처음에 제 보금자리를 찾기도 어려웠습니다. 정말 많은 출판사들이 이 글에 흥미가 없다고 했습니다. 심지어 한 편집자는 제게 회상록이 뭔지나 아느냐고 묻더군요. 다시 생각해 보면 그런 상황에서도 출판을 포기하지 않은 게

솔직히 저도 신기합니다.

제가 포기하지 못했던 이유가 있습니다. 그리고 이 책이 독자들의 마음 안에서 자리를 잡을 거라고 믿었던 이유가 있습니다. 왜냐하면 저는 인기를 끌 책을 쓰려고 노력한 것이 아니기 때문입니다. 단지 모리 교수님이 병원비를 낼 수 있도록 돕고 싶었습니다. 그렇기 때문에 당연하게도 의기소침해져 있을 수가 없었습니다. 저는 좋은 출판사를 찾을 때까지 열 번 찍고 열한 번 찍었습니다. 마침내 병원비를 지불할 수 있게 됐을 때 저는 교수님께 그 과정을 말씀드렸고 그는 눈물을 흘렸습니다. 지금도 저는 스스로에게 말합니다. 병원비 정산서와 함께 '모리와 함께한 화요일'이 끝났다고요. 비록 쓰기 시작하자마자 끝나 버린 작업이 됐지만 결국 제가 원했던 일을 할 수 있었습니다. 교수님이 제게 준 수많은 것들에 대한 아주 작은 보은이라고 말하고 싶습니다. 그러나 사실 이 여행은 거의 시작도 못한 것입니다.

그 후로 이 책은 수십 개 국가에서 출간됐습니다. 제가 한 번도 가 보지 못한 수많은 나라들에서 제가 읽지 못하는 수많은 언어로 번역됐습니다. TV 영화로도 만들어졌고 위대한 잭 레먼(Jack Lemmon : 미국의 노장 배우로 영화 〈모리와 함께한 화요일〉에서 모리 역을 맡음-옮긴이)은 자신이 맡아 왔던 배역들 가운데 가장 마음에 들었던 것이 모리라고 했습니다. 이 책은 미국을 가로질러 연극으로 공연됐고, 여러 학교, 장례식장, 요양원, 교회, 예배당, 독서 모임 그리고 자선 바자회 등에서의 수많은 사람들이 이 책을 손에 들었습니다.

이 모든 것들에 대해서 제가 얼마나 감사하고 있는지 그리고 모리 교수님께 제가 얼마나 자랑하고 싶은지 여러분은 아마 모를 것입니다. 그의 지혜는 세상의 모든 거리에서 눈꽃처럼 떨어지고 있습니다. 저는 이제 교수님의 말씀에 동의합니다. 모든 것을 우연이라 믿기에 이 우주는 너무 조화롭고 웅장하고 압도적이라는 것을요.

그래서 저는 이 책의 수익금 일부를 지속적으로 루게릭병 환자들을 위해 쓰려고 합니다. 우리가 이 병을 없앨 수 있을 때까지 말입니다. 그리고 이 책으로 인해 사람들이 서로 함께 있는 시간의 소중함을 계속 느낄 수 있기를 바랍니다. 또 우리의 눈을 뜨게 해 준 인생의 스승들을 기릴 수 있었으면 합니다. 마지막으로, 모리 교수님이 지금 어디 계시든 즐겁게 춤을 추고 계시길 바랍니다. 그는 충분히 그럴 자격이 있으니까요.

제가 교수님께 사후를 완벽하게 지낼 시나리오를 가지고 계시냐고 물었던 날, 그가 대답하더군요.

"내 의식이 계속되는 한…… 나는 우주의 일부라네."

저는 이 책을 읽어 준 모든 독자들에 대해 생각합니다. 앞으로 이 책을 읽을 독자들까지도요. 그들에게 큰 고마움을 느끼며 저는 모리 교수님의 소원이 이뤄졌다고 믿습니다.

미치 앨봄

스승이 남긴 최고의 유산

나는 구슬픈 소리를 들으며
무덤들 주위에 한동안 서 있었네.
내가 말했지.
"친구들이여, 고달픈 인생살이를 면한 마당에
어찌하여 괴로워하는가?"
– 토머스 하디 「잊히는 것」

모리의 묘에 다녀왔다. 사실 여러 번 갔다. 처음에는 약속을 지키려고, 나중에는 관계를 잇기 위해서. 흔히 묘소를 찾는 걸음은 점차 뜸해지기 마련이다. 더구나 난 모리의 생전에도 한 차례 연락을 끊은 적이 있었다.

그가 세상을 떠난 후에는 그러고 싶지 않았다. 가장 최근의 성묘는 『모리와 함께한 화요일』 20주년판에 실을 이 글을 쓰기 1주 전이었다. 대학은 개강해서 후드 티셔츠를 입은 학생들로 가득하고, 나뭇잎은 떨어지기 전에 찬란한 색으로 물드는 초가을이었다. 뉴턴 묘지의 촉촉한 잔디밭에 나뭇잎이 뒹굴었다. 나는 익숙한 길을 걸어, 모리의 이름이 새겨진 작은 묘비로 걸어갔다.

무릎을 꿇고 묘비에 적힌 날짜를 보았다. 그러다가 움찔했다. 어언 내 나이가 화요일마다 만나던 시절의 나보다 모리의 나이에 가까웠다.

나는 "안녕하세요, 코치."라고 운을 뗐다. 항시 이런 대화를 시작하려면 쑥스럽다. "그 윗동네는…… 어때요?"

책을 넘겨보니 모리가 묘를 찾아오라고 당부한 대화 장면이 요약되어 있다. 처음 이 이야기가 나왔을 때, 난 아무튼 묘소에 갈 계획이라고 대답했다. 모리는 '과연 그럴까'라는 의미로 씩 웃었다.

그가 쉰 소리로 말했다.

"흔히 성묘하는 것처럼 오는 게 아닐세. 엔진을 켠 채 차에서 내려 달랑 꽃만 놔두고 다시 차에 오르는 식으로 말고……. 시간이 있을 때 오게나. 돗자리를 들고."

돗자리?

"샌드위치도 챙겨서."

샌드위치?

"그리고 나한테 말을 하게. 인생살이에 대해, 고민거리에 대해. 월드시리즈(미국 프로야구 메이저리그의 최종 우승팀을 가리는 경기-옮긴이)에 어느 팀이 진출했는지 말해줘도 좋겠군."

나는 웃으면서 교수님을 놀렸다. 세상에, 누가 공원묘지 한가운데 돗자리를 펴고 샌드위치를 먹으면서 허공에 대고 말을 할까?

"사람들이 신고할걸요."

내가 이렇게 농담했던 것 같다. 그런데 나이가 들면서 선생님이 왜 그런 말을 했는지 이해하게 되었다. 훌륭한 스승답게 '출석'을 다짐받는 게 왜 중요했는지 이제는 안다.

이 책을 낸 지 20년이 흘러서야 마음 깊이 깨닫는다. 모리를 힘들게 한 것은 죽음이 아니었음을.

그것은 잊히는 것이었다.

지금 보면 그것은 공연한 걱정이었다. 내 스승은 살아서 우리 곁에 있을 때보다 세상을 떠난 후 더 유명해졌다. 이 작은 책은 1997년 출판된 후 전 세계의 고등학교, 대학교, 대학원에서 교재로 쓰이고 있다. 모리가 무척 반겼을 일이다.

27

또 TV 영화로 제작되었고 자주 연극으로 공연되어, 모리의
지혜는 무대와 스크린에서 계속 살아 있다.

하지만 모리가 가장 바란 것은, 가족과 친구들의 마음속에
생생하게 남아 있는 일이었다. 땅속의 재로 돌아간 지 20년이
흐른 지금, 그는 분명히 우리 가슴속에 살아 있다.

그런데 우리도 그렇게 될까?

앞에 실린 토머스 하디의 시에는 무덤에서 나는 목소리를
들은 내용이 담겨 있다. 목소리들은 죽고 나서 잊히는 건 '두
번째 죽음'을 당하는 것이라며 서글퍼한다.

『8년의 동행』을 집필할 때, 랍비 앨버트 루이스는 그가 언
제까지 사람들에게 기억될지 물었다. 그건 쓸데없는 걱정 같
았다. 공동체에는 그의 추종자가 아주 많았으니까. 그런데 랍
비 루이스는 내게 생각해 보라고 은근히 압박을 가했다.

아마 자식들은 분명히 기억할 거라고 했다. 손주들까지도.
하지만 손주들의 자녀들은? 아마 사진을 통해 알겠지. 그러면
그들의 아이들은? 흠. 자신에게 물어보면 답이 나온다. 고조
부, 고조모의 이름을 제대로 아는지.

사실 특별한 내력이 있지 않다면 삼 대째 후에도 내가 의
미 있게 기억되기 바라는 것은 무리다. 그러니 어떻게 계속
살아 있기를 바랄 수 있을까? 내 스승이 자주 말했듯이, 죽음
으로 삶이 끝나도 관계는 끝나지 않게 할 방법이 뭘까?

모리는 생전에 부자도 아니었고, 유명하지도 않았고, 누구나 아는 이름도 아니었는데 이렇게 기억되는 인물이 된 비결은 뭘까?

난 답을 알 것 같다.

🌸🌸 이따금 화요일에 방문객들이 교수님을 찾아오곤 했다. 내가 약속을 잡지 않은 날엔 모리는 방문객들을 만났다. 시간이 흐르면서 나는 일정한 패턴을 알아차렸다. 사람들은 모리의 기운을 북돋워 주려고 찾아와서, 그의 방에서 한 시간쯤 보낸 후에 눈물을 흘리면서 나왔다. 모리의 슬픈 처지가 안쓰러워 우는 게 아니었다. '자신의' 직장 문제, '자신의' 이혼 문제, '자신의' 고민 때문에 울었다.

"교수님의 기운을 북돋워 드리려고 찾아왔는데, 도리어 고민이 뭐냐는 질문을 받았어요. 말씀드리니 모리가 더 상세히 물었고 결국 속 이야기를 털어놓으며 울게 되더군요……."

"교수님께 위로를 드리려고 왔다가 결국 제가 위로 받는 것으로 끝났네요."

마침내 어느 화요일, 나는 모리에게 이 문제를 꺼냈다.

"이해가 안 됩니다. '네 문제 말고 내 문제를 말해 보자.'라고 말할 권리가 있는 사람이 있다면 바로 코치라고요. 아프시잖아요. 진짜 힘든 병인데, 왜 사람들의 연민을 그냥 받아들이지 않으세요?"

모리는 빤한 걸 묻느냐는 듯 눈썹을 치떴다.

"미치, 내가 왜 받아들여야 하지? 받는 것은 내가 죽어 가는 느낌을 준다네. 하지만 베푸는 것은 내가 살아 있다는 느낌을 주지."

'베푸는 것은 내가 살아 있다는 느낌을 주지.'

심오한 말이다. 그리고 과연 맞는 말이다. 그 반대는 거짓이니까. 받는 것, 소유하는 것은 살아 있는 느낌을 주지 않는다. 아마도 그것이 마케팅, 영리주의, 광고계의 기본이겠지만, 모리는 '문화에 현혹되지 말라.'고 말한 바 있다. 새 차, 새 옷, 새 평면 TV를 소유하는 것. 이런 것들은 살아 있다는 느낌을 주지 않는다. 일시적인 흥분감이 있지만, 신제품 냄새가 빠지기도 전에, 품질 보증 기간이 끝나기도 전에 사라진다.

모리는 이것을 알고 있다. 그래서 그가 가진 물건은 죄다 '구닥다리'라고 할 만했다. 대신 모리는 다른 것에 투자했다. 자신을 내주는 것에. 어느 시점에서 자신을 주는 것이 영원히 사는 방법임을 간파했다. '주는 것이 곧 사는 것'임을.

이것이 출간 20년을 맞은 지금, 이 책의 가장 큰 메시지라고 말할 수 있겠다. 독자들이 자주 하는 질문의 대답이기도 하다. 물론 사랑으로 가득한 생각들과 경구들은 모리가 주는 가르침의 핵심이다. 살면서 어떤 순간을 맞이하던 내가 경험했듯이, 그의 가르침은 마음에 떠올라 빛을 비춰 줄 것이다.

하지만 모리의 '주는 것이 사는 것'이란 말은 그저 여러 가르침 중 하나가 아니다. 그것은 그의 철학이고 '레종데트르(존재의 이유)'며 어쩌면 그의 비법이었다.

적어도 내게는 비법으로 남아 있다가, 결국 때가 되자 가르침들이 번져 나가기 시작했다. 천에 염료가 천천히 퍼지듯이 그랬다. 코치가 세상을 떠난 후, 나는 그의 격려에 힘입어 공동체와 자선사업에 더 깊이 관여해 가난하고 불우한 이들과 일하게 되었다.

그러다 아이티에 가서 고아원을 운영하게 되어 매달 한 번씩 방문했다. 모리와 처음 화요일에 만난 지 딱 20년이 되던 해, 급성 뇌암에 걸린 다섯 살 된 여자아이를 알게 되었다. 내가 염려하면서 정기적으로 만나는 사람이 또 사형 선고를 받은 것이다. 다만 이번에는 내가 연장자였고 상대는 어린 아이였으며, 중간에 간여할 사람이 없었다는 점만 달랐다.

나는 여자아이를 미국으로 데려왔다. 이것은 나도 모르게 모리의 최고 유산을 계승하는 첫 경험이었다. 그 유산이란 선생이 되는 것이다.

화요일을 함께 보내면서 얻은 가르침들을 나 혼자만 누리지 않고 소중한 아이의 영혼을 위해 되새겨야 했다. 우리 부부는 시간과 의학이 허락하는 한 아이에게 풍성한 삶을 선사하고 인생에서 중요한 것들을 가르치기로 했다. 1년 반 동안 아이는 우리와 한 방에서 잤다. 나는 아이에게 베풀려고 노력했고, 그 일에 가장 많은 시간을 할애했다.

그러면서 인생에서 가장 강렬하게 살아 있는 느낌을 맛보았다.

최근 묘소에 갔을 때, 모리에게 바로 이 이야기를 했다. "주는 것이 사는 것이다. 코치, 그 말씀이 옳았어요."

"나처럼 건강한 노인은 없을 게야."라고 말하는 모리가 떠오른다. 나도 그런 말을 하곤 했다. 하지만 자신할 수 없다는 걸 이제는 안다. 혈통, 유전적 특징, DNA, 예고 없이 겪게 되는 사고 등은 손써볼 수 없는 것들이다. 다섯 살에든 일흔여덟 살에든.

내 손이 닿는 것들은 모리가 늘 얘기한 일들이다. 어느 날 어깨에 앉은 새를 힐끗 보던 눈길, '오늘이 내가 죽는 날인가?'라는 질문, 그날 새의 분명한 대답 "맞아요".

베풀면서 인생을 살아가는 것. 시간을, 마음을, 자신을. 바로 그게 하루를 또는 후손을 통해 대대로 사는 방법이다. 모리는 이 책을 한 줄도 읽지 않았지만 여전히 많은 이들을 가르친다는 사실에 주목해야 한다. 왜? 왜냐면 그는 베풀었으니까. 모리는 죽어 가면서도 어느 고집쟁이 학생에게 베푸는 데 시간을 썼다. 그의 가르침을 읽은 사람이 그것을 다른 이에게 전하고, 그가 또 다른 이에게 전했고 이젠 그의 제자들이 정말 많아졌다. 그가 이제는 고인이 되어 여기 없는데도 말이다.

나는 모리의 묘소에 자주 들른다. 이 책을 읽는 여러분은 모리의 강의실에 들른 것이다. 그리고 우린 잔물결이 아닌 바다의 일부로서 연결되어 있다. 우리를 연결하는 것은 단신의 은발 신사, 우리에게 계속 감동으로 살아 있는 그분이다. 이것이 내 스승이 남긴 최고의 유산이다. 지금 코치가 어디에 계시든 이걸 알고 씩 웃으시면 좋겠다.

미치 앨봄

감사의 말

혹시 이런 스승 안 계십니까?

이 책을 쓰는 데 도움을 주신 많은 분들께 감사의 말을 전합니다.

모리 교수님에 대한 기억들을 하나하나 섬세하게 떠올려 주고 오랫동안 여러 가지 성가신 일에도 싫은 내색 하나 없이 오히려 사랑과 인내로 길잡이 역할을 해 준 모리 교수님의 가족 샬럿, 롭, 조너선과 교수님의 동생 데이비드 슈워츠, 그리고 친구인 모리 스타인, 찰리 더버, 고디 펠맨, 랍비 알 액슬라드를 비롯하여 저를 도와주신 모든 분들께 감사드립니다.

또 이 책이 나오기까지 여러 면으로 지원을 아끼지 않았던 편집자 빌 토머스에게 특히 감사드립니다. 그리고 언제나 나보다 더 나를 믿어 주는 데이비드 블랙에게도 감사의 말을 전합니다.

끝으로, 누구보다도 이 마지막 논문을 함께 만들고 싶어 하
셨던 모리 교수님께 큰 감사를 드립니다.

여러분들에겐 혹시 이런 스승이 안 계십니까?

운명은 많은 생물을 굴복시키지만
사람은 자신을 위험에 빠뜨린다.
‒ W. H. 오든(모리가 좋아하는 시인)

차례

TUESDAYS WITH MORRIE

수업의 커리큘럼

내 노은사와의 마지막 수업은 일주일에 한 차례씩 교수님 댁에서 이루어졌다. 그는 서재 창가에 서서 땅에 떨어진 분홍빛 히비스커스 꽃잎을 내다보곤 했다. 수업은 화요일마다 아침 식사 후에 시작되었다. 주제는 '인생의 의미'였다. 교수님은 자신이 인생에서 얻은 경험들을 가지고 강의해 나갔다.

성적 평가는 없었지만 매주 구두시험이 있었다. 나는 질문에 대답해야 했고 또 스스로에게 질문을 던져야 했다. 그리고 이따금 교수님의 머리를 베개 위에 편안히 괴어 드린다든지 흘러내린 안경을 코 위로 다시 밀어 드려야 했다. 수업이 끝난 후 교수님께 안녕히 계시라는 인사와 함께 작별의 키스를 해 드리면 점수를 더 주셨다.

교과서 따위는 필요 없었지만 사랑, 일, 공동체 사회, 가족, 나이 든다는 것, 용서, 후회, 감정, 결혼, 죽음 등 여러 가지 주제들이 논의되었다.

그리고 맨 마지막 수업은 아주 짧았다. 겨우 몇 마디 말로 끝나 버렸다.

졸업식 대신에 장례식이 치러졌다.

졸업 시험은 없었지만 배운 내용에 대해 긴 논문을 제출해야 했다. 그 논문이 바로 이 책이다.

모리 교수님이 생애 마지막으로 했던 수업에 참여한 학생은 단 한 명뿐이었다.

내가 바로 그 학생이었다.

나의 졸업식

1979년 온몸이 습기로 끈적이던 늦봄의 어느 토요일 오후. 우리 졸업생 수백 명은 캠퍼스 중앙 잔디밭에 줄 맞춰 놓인 의자에 앉아 있다. 파란색 가운을 입은 우리는 기나긴 연설을 들뜬 마음으로 듣고 있다.

모든 졸업식 행사가 끝나자 우리들은 푸른 하늘을 향해 사각모를 던졌고 그것으로 대학을 공식적으로 졸업하게 되었다. 드디어 매사추세츠주 월섬에 위치한 브랜다이스 대학 졸업생이 된 것이다. 이와 함께 우리의 어린 시절은 막을 내린다.

졸업식이 끝난 후 나는 평소 가장 좋아하던 모리 슈워츠 교수님을 찾아뵙고 부모님을 소개시켜 드린다.

자그마한 체구의 모리 교수님은 강한 바람이 불어 와 저 위로 휩쓸려 가기라도 할 것처럼 언제나 종종걸음을 걷는다. 그런 분이 졸업식 가운을 입고 계시니 꼭 성경에 나오는 옛 선지자와 크리스마스 꼬마 요정을 합쳐 놓은 것 같다. 빛나는 청록색 눈동자와 이마를 덮은 은발, 커다란 귀, 삼각형의 코, 숱이 많은 잿빛 눈썹, 거기다 예전에 누군가에게 한 방 얻어맞은 듯 아랫니가 뒤쪽으로 살짝 틀어진 모습의 교수님은 이제 막 생전 처음으로 농담을 들은 사람처럼 환한 미소를 짓고 계신다.

교수님은 내가 자신이 가르친 모든 과목을 수강했다고 우리 부모님께 말한다. 그러곤 "특별한 청년을 아드님으로 두셨습니다."라는 말도 덧붙인다. 당황한 나는 발끝만 물끄러미 내려다본다.

헤어지기 전 나는 교수님께 그의 이름을 새겨 넣은 가죽 가방을 선물한다. 전날 쇼핑센터에 가서 산 것이다. 그를 잊고 싶지 않아서, 아니 그가 날 잊지 않기를 바라면서……

"미치, 자넨 좋은 친구야."

교수님은 그 가방을 무척 마음에 들어 하며 말한다. 그러고 나서 날 꼭 껴안아 준다. 그 가는 팔이 내 등을 감싸 안는 느낌이란! 난 교수님보다 키가 크다. 그래서 교수님이 껴안자 잠시 내가 어른이 되고 그가 아이가 된 듯한 묘한 착각에 빠진다.

교수님은 계속 연락하겠느냐고 묻는다. 난 주저하지 않고 대답한다.

"그럼요."

교수님이 팔을 풀고 뒤로 물러서자 난 그가 울고 있음을 알게 된다.

생애 마지막 프로젝트

교수님에게 사형 선고가 내려진 것은 1994년 여름의 일이었다. 되돌아보면 모리 교수님은 그전부터 나쁜 일이 닥쳐오고 있음을 알았던 것 같다. 아마 춤추는 것을 그만둔 바로 그날일 것이다.

내 노은사는 예전부터 춤을 굉장히 좋아했다. 어떤 음악이든 상관없었다. 로큰롤, 빅 밴드(1930~1950년대에 편성된 재즈나 댄스 음악 밴드-옮긴이), 블루스……. 그는 전부 다 좋아했다. 두 눈을 지그시 감고 그 환하디환한 미소를 지으며 리듬에 맞춰 몸을 움직이곤 했다. 늘 멋진 춤을 추었던 것은 아니었지만 교수님은 언제나 혼자서 췄으므로 파트너가 누가 될지 염려할 필요는 없었다.

모리 교수님은 매주 수요일 밤, 하버드 스퀘어에 있는 교회에서 열리는 무료 댄스파티에 갔다. 조명이 번쩍이고 스피커가 웅웅대는 소리 사이로 모리 교수님은 하얀 티셔츠와 검은 운동복 바지를 입고 목에는 수건을 두른 채 학생들 사이를 누비고 다녔다. 그리고 무슨 음악이 나오든 그 음악에 맞춰 춤을 췄다. 지미 헨드릭스의 음악이 흘러나올 때는 각성제를 먹은 지휘자처럼 그 음악에 맞춰 양팔을 마구 흔들며 등판에 땀이 줄줄 흘러내릴 때까지 빙빙 돌면서 트위스트를 추었다. 그 댄스파티에 오는 사람 중 어느 누구도 그가 오랜 세월 대학에서 학생들을 가르쳐 왔고 또 대단히 훌륭한 저서를 몇 권이나 낸 유명한 사회학 박사라는 사실을 몰랐다. 젊은이들은 그저 정신 나간 노인네쯤으로 생각했다.

한번은 이런 일도 있었다. 어느 날 교수님은 탱고 음악 테이프를 가지고 가서 틀어 달라고 요청했다. 그러고 나서 그는 무대를 독차지하며 열정적인 남미 사람처럼 앞으로 갔다 뒤로 갔다 야단이었다. 춤이 끝나자 모두 열광적인 박수를 보냈다. 그 순간에 영원히 머물렀다면 좋았을 것을…….

하지만 그 후 얼마 안 있어 교수님은 더 이상 춤을 출 수 없었다. 그는 육십 대가 되자 천식이 심해졌다. 숨쉬기가 여간 힘들지 않았다. 하루는 찰스 강가를 걷다가 찬바람이 불자 갑자기 가슴이 답답해지며 숨을 쉴 수 없었다. 교수님은 급히 병원으로 옮겨졌고 아드레날린 주사를 맞아야 했다.

그러다 몇 년 후에는 걷기가 힘들어지기 시작했다. 친구의 생일 파티에서 교수님은 이유 없이 비틀거렸다. 또 어느 날 밤에는 극장 계단에서 쓰러져 사람들을 놀라게 만들기도 했다. 이즈음 교수님은 칠십 대였고 그래서 사람들은 "연로해서 그런가 보다."라고 수군대며 그를 부축해 일으켰다. 그러나 누구보다도 자신의 내면과 많은 대화를 나누는 그는 나이가 많아서 아픈 것과는 다른, 그 이상의 뭔가를 감지하고 있었다.

늘 힘이 없었다. 잠을 자는 것도 힘들었다. 그리고 죽어 가는 꿈도 꾸었다. 그는 의사들을 찾아다니기 시작했다. 여러 명의 의사들을 만났다. 그들은 교수님의 혈액과 소변을 검사했다. 의료 기구를 등 뒤에 꽂고 내장을 들여다보기도 했다. 아무런 원인도 찾아내지 못하자 마침내 어떤 의사가 근육생체조직절편검사를 하자며 장딴지에서 근육을 약간 떼어냈다. 신경 계통에 문제가 있다는 결과가 나왔고 그는 입원까지 해 가며 추가 검사를 받아야 했다. 특별히 고안된 의자(말하자면 전기의자 같은 것)에 앉아 온몸에 전류를 흘려보내 신경 반응을 조사하는 검사도 했다.

"정밀 진단을 받아 보셔야겠어요."

그 의사는 검사 결과를 훑어보며 말했다. 교수님이 물었다.

"왜요, 무슨 병입니까?"

"확실하지는 않지만…… 반응 속도가 느립니다."

'반응 속도가 느리다니, 그건 또 무슨 말이지?'

마침내 1994년 8월 어느 후텁지근하던 날, 모리 교수님과 그의 부인 샬럿은 신경외과 진료실로 불려 갔다. 의사는 그들에게 검사 결과를 알려 주었다. 루게릭병이라고 알려진 근위축성측삭경화증에 걸렸다고 했다. 이는 척수 신경 또는 간뇌의 운동 세포가 지속적으로 서서히 파괴되고 이 세포의 지배를 받는 근육이 위축되어 힘을 쓰지 못하게 되는 원인 불명의 불치병이며, 영국의 세계적인 물리학자 스티븐 호킹도 이 병을 앓고 있다는 친절한 설명도 덧붙였다. 어쨌든 치명적인 신경 계통의 질환이라는 것이었다.

그러나 루게릭병을 고치는 치료법은 없었다.

'내가 어쩌다 이런 병에 걸렸을까?'

교수님은 반문했다. 주변에서 이 병을 앓고 있는 사람을 본 적도 없었다.

"죽을병입니까?"

"그렇습니다."

"그럼, 난 죽는 건가요?"

"그렇습니다. 정말 죄송합니다."

의사는 미안해하며 말했다. 그 의사는 거의 2시간이나 앉아서 교수님 부부의 질문에 끈기 있게 대답해 주었다. 그리고 그들이 떠날 때 루게릭병에 관한 정보가 수록된 작은 책자까지 주었다. 마치 이 노부부가 은행에 계좌를 개설하러 오기라도 한 것처럼 말이다.

병원 건물 밖으로 나오자 따갑게 햇볕이 내리쬐었고 사람들은 각자의 일에 여념이 없었다. 어떤 여자는 주차 미터기에 돈을 넣으러 달려갔고, 또 어떤 이는 식료품 봉지를 들고 바쁘게 걸어갔다. 샬럿의 마음속에는 수많은 생각들이 스쳤다.

'과연 우리에게 얼마만큼의 시간이 남은 것일까? 이제부터는 어떻게 해야 하나? 치료비는 또 어떻게 충당하고?'

한편 모리 교수님은 아무 일 없는 듯 잘 돌아가는 세상의 모습에 깜짝 놀랐다.

'세상이 멈춰 있어야 하는 게 아닌가? 저 사람들은 내게 어떤 일이 벌어졌는지 알고나 있을까?'

하지만 세상은 멈추지 않았다. 교수님은 힘없이 차 문을 열면서 나락 속으로 추락하는 기분을 느꼈다. 그는 속으로 중얼댔다.

'이제 어떻게 하지?'

교수님이 그 해답을 구하고 있는 동안 하루하루 지날 때마다 병은 점점 더 그를 압박해 왔다. 어느 날 그는 차고에서 차를 빼다가 브레이크를 밟을 수 없음을 깨달았다. 그걸로 운전은 끝이었다. 그리고 계속 돌아다녀야 했던 그는 지팡이를 사야 했다. 그것으로 자유롭게 걷는 일도 끝이었다.

교수님은 정기적으로 수영을 다녔는데 어느 날 더 이상 혼자서는 옷을 벗을 수 없다는 사실을 알게 되었다. 그래서 처음으로 도와주는 사람(토니라는 신학과 학생이었다)을 구해서 풀장에 들어갈 때와 나갈 때 그리고 수영복을 입고 벗을 때 도움을 받았다. 탈의실에서 사람들은 그를 쳐다보지 않은 체하려 애썼지만 결국 그들의 눈은 모리 교수님에게 쏠렸다. 그것으로 프라이버시는 끝장났다.

1994년 가을, 교수님은 언덕 위에 있는 브랜다이스 대학 캠퍼스에 마지막 학기 강의를 하러 갔다.

물론 강의는 취소할 수 있었다. 대학 측에서도 아마 충분히 이해했을 것이다. "여러 사람들 앞에서 고통을 겪을 필요가 뭐가 있겠어요? 남은 시간 동안이나마 쉬면서 여러 가지 일들을 정리하세요."라며 말이다.

하지만 모리 교수님은 꿈속에서조차 강의를 그만둔다는 생각을 하지 못했다. 그는 지팡이에 의지하며 30년 이상 그에게 집과 같았던 강의실로 비틀비틀 들어갔다. 지팡이를 짚고 걷느라 의자까지 가는 데 한참이나 걸렸다. 마침내 의자에 앉자 그는 안경을 벗더니 자신을 응시하고 있는 젊은이들의 얼굴을 말없이 한참 동안 바라보았다.

"젊은 친구들, 여러분 모두 사회심리학 강의를 들으러 여기 모인 줄로 압니다. 나는 20년간 사회심리학을 가르쳐 왔습니다. 그런데 이번에 처음으로 학생들에게 이 강의를 들으려면 위험을 감수해야 한다는 말을 해야겠습니다. 왜냐하면 나는 지금 병을 앓고 있기 때문입니다. 어쩌면 전 이번 학기 강의를 마무리 짓지 못할지도 모릅니다. 그게 걱정된다면 강의 과목을 변경해도 좋습니다."

그렇게 말하고선 교수님은 미소를 지었다. 이렇게 해서 그에 대한 비밀들은 모두 밝혀졌다.

루게릭병은 촛불과도 같다. 그 병은 신경을 녹여 몸에 밀랍 같은 것이 쌓이게 한다. 이 병은 다리에서 시작되어 차츰차츰 위로 올라오는 경우가 많다. 허벅지 근육이 제어 신경을 잃게 되면 자기 힘으로만 서 있는 것이 불가능해진다. 더 심해져 몸통 근육이 제어 신경을 잃게 되면 똑바로 서 있을 수도 없다. 결국 이 지경에 이를 때까지 죽지 않고 살아 있다면 환자는 목에 구멍을 뚫고 튜브로 호흡해야 한다.

하지만 완벽하게 말짱한 정신은 무기력한 몸속에 갇혀 버리게 된다. 몸으로는 그저 눈을 깜빡이거나 혀를 빼물 수 있을 뿐이어서 공상 과학 영화에 나오는 냉동 인간처럼 자기 살 속에 갇히는 꼴이 된다. 병이 난 시점부터 이렇게 되기까지는 불과 5년밖에 걸리지 않는다. 담당 의사들은 모리 교수님에게 앞으로 2년 정도 더 살 수 있을 거라고 진단했다.

하지만 교수님은 그보다 더 빨리 끝이 오리라는 것을 본능적으로 알고 있었다. 하지만 그는 이미 중요한 결정을 내렸다. 시한부 생명이라는 선고를 받고 병원에서 나오던 그날, 그는 계획을 세우기 시작했다.

'이렇게 시름시름 앓다가 사라져 버릴 것인가, 아니면 남은 시간을 최선을 다해 보낼 것인가?'

스스로에게 물었다. 그는 시름시름 앓고 싶지 않았다. 또 죽어 가는 것을 부끄럽게 여기고 싶지도 않았다. 대신, 자신의 죽음을 삶의 정점이 될 마지막 프로젝트로 삼고 싶어 했다. 그는 '누구나 죽는다. 기왕이면 죽음을 가치 있는 일로 승화시킬 수는 없을까?'라고 생각했다. 교수님은 스스로 연구 대상이 될 수 있었다. 바로 인간 교과서로 말이다.

'생명이 사그라지는 나를 천천히 참을성 있게 연구하시오. 내게 무슨 일이 일어나는지 지켜보시오. 그리고 나와 더불어 죽음을 배우시오.'

그는 삶과 죽음, 그 좁은 여정을 잇는 마지막 다리를 걸어가리라고 결심했다.

가을 학기는 빨리 지나갔다. 그와 함께 복용하는 약

도 늘어 갔다. 정기적인 치료도 받았다. 간호사들은 힘이 빠지는 그의 다리를 치료하기 위해 집으로 왔다. 그들은 계속 근육을 운동시키려고 우물에서 펌프질하듯 다리를 앞으로 굽혔다 뒤로 제쳤다 하기를 반복했다. 또 마사지 전문가가 일주일에 한 차례씩 들러 계속해서 뻣뻣해지는 몸을 풀어 주려고 애썼다. 또한 모리 교수님은 명상 선생님들을 만나서 눈을 감고 생각을 좁혀 갔다. 이 세상이 들이쉬었다 내쉬는 호흡 하나로 줄어들 때까지 말이다.

그러던 어느 날, 그는 지팡이를 짚고 인도로 올라서다가 도로에 쓰러졌다. 그 후 지팡이는 보행기로 대체되었다. 몸이 약해지면서 화장실 출입이 몹시 힘들어지자 커다란 소변기에 소변을 보기 시작했다. 소변을 볼 때 양손을 짚고 서 있어야 했기 때문에 소변을 보는 동안에는 누군가가 소변기를 들어 줘야 했다.

다른 사람이라면 이런 상황에 몹시 당황할 것이다. 특히 교수님의 연배라면 더더욱. 하지만 그는 보통 사람들과 달랐다. 가까운 동료가 찾아오면 그는 이렇게 말하곤 했다.

"이보게, 나 소변 좀 봐야겠는데 자네가 좀 도와주려나? 괜찮겠어?"

손님들은 그가 소변을 보는 동안 소변기를 들어 주고는 그 일이 아무렇지도 않다는 것에 오히려 놀라곤 했다.

사실 교수님은 문병객들의 방문을 몹시 즐거워했다. 그는 죽어 간다는 것의 의미를 토론하는 모임을 운영했다. 그 모임에서는 사람들이 죽어 가는 것의 의미를 이해하지 못하면서 죽음을 얼마나 겁내고 있는지에 대해서 토론했다. 그는 친구들에게 정말 도와주고 싶으면 자신을 동정하지 말고 찾아와 주거나 전화해 주고, 그들이 고민하고 있는 문제를 자신과 의논해 달라고 했다. 모리 교수님은 언제나 남의 이야기를 잘 들어 주었기 때문에 친구들은 늘 고민거리를 의논하곤 했다.

그 모든 상황에도 교수님의 목소리는 힘이 있고 친절했으며, 마음속에는 수만 가지 생각들이 넘쳐나고 있었다. 그는 '죽어 간다'라는 말이 '쓸모없다'라는 말과 동의어가 아님을 증명하려고 노력했다.

새해가 오고 또 갔다. 교수님은 아무에게도 말하지 않았지만 이해가 자신의 마지막 해가 될 것임을 알았다. 이제 휠체어를 썼고 사랑하는 사람들 모두에게 하고 싶은 말을 다하기 위해 시간을 쪼개고 있었다. 브랜다이스 대학에서 함께 강의를 하던 동료가 심장마비로 갑자기 죽음을 맞이하자 그 장례식에 참석했던 그는 낙심해서 집으로 돌아왔다.

"이런 부질없는 일이 어디 있담! 거기 모인 사람들 모두 멋진 말을 해 주는데 정작 주인공은 아무 말도 듣지 못하니 말이야."

교수님은 그렇게 말했다. 그러고는 아주 멋진 생각을 해냈다. 그는 주변에 전화 몇 통을 건 후 날짜를 잡았다.

어느 추운 일요일 오후, 가까운 친구들과 가족들이 '살아 있는 장례식'을 치르기 위해 모리 교수님 댁에 모였다. 각자 멋진 말을 했고 교수님께 경의를 표했다. 몇몇은 울었고 몇몇은 소리 내어 웃었다. 마샤라는 이름의 여자는 다음과 같은 시를 바치기도 했다.

내 사랑하는 사촌 형부,
당신의 늙을 줄 모르는 가슴은
마치 오랜 시간이 흐를수록
점점 여린 세쿼이아 나무처럼.

모리 교수님은 그들과 함께 울고 웃었다. 그리고 평소 우리가 사랑하는 사람들에게 미처 말하지 못했던 가슴 벅찬 이야기를 그는 그날 전부 할 수 있었다. 그의 살아 있는 장례식은 그야말로 대성공이었다.

하지만 그는 아직 죽지 않았다. 사실 교수님 생애에 가장 특별한 페이지가 이제 막 펼쳐질 찰나였다.

졸업 후 나의 이야기

　그렇게 현명하고 사랑스러운 모리 교수님과 마지막으로 포
옹하면서 계속 연락하겠다고 약속했던 봄날 이후 내게 어떤
일이 생겼을까? 이제 그에 대한 설명을 해야겠다.

　난 그에게 계속 연락하지 않았다. 사실 매일 맥주잔을 기울
이던 친구들과도, 처음으로 함께 아침을 맞이했던 여자 친구
와도, 대학에서 알았던 사람들 거의 모두와도 연락이 끊겼다.

　졸업 후 몇 년간의 생활은 너무나 힘겨웠다. 그래서 세상에
꿈을 펼쳐 보이러 뉴욕으로 떠난 젊은이는 온데간데없고 나
는 완전히 딴사람이 되어 버렸다.

　세상은 내게 조금도 관심이 없었다. 이십 대 초반 시절, 나
는 이곳저곳을 떠돌며 집세를 버는 데 급급했고 열심히 구인

광고를 뒤지며 왜 내 앞길엔 파란 신호등이 켜지지 않는지 불만스러워했다.

내 꿈은 유명한 피아노 연주가가 되는 것이었지만 몇 년 동안 나는 어둡고 텅 빈 나이트클럽을 전전하며 끊임없이 계약 위반을 당했고 밴드는 계속 해체됐다. 프로듀서들이 나 아닌 다른 사람들에게만 관심을 가지던 그 긴 시간 끝에 결국 내 꿈은 사그라지고 말았다. 나는 인생에서 처음으로 실패를 맛보고 있었던 것이다.

나는 외삼촌을 정말 좋아했다. 그는 내게 음악을 느끼게 해 주었고, 운전을 가르쳐 주었으며, 여자 얘기를 하면서 놀려 대기도 했고, 축구공을 가지고 함께 놀던 사람이었다. 그는 또 내가 어렸을 때 "저런 어른이 되어야지."라고 말할 만한 유일한 사람이기도 했다. 그런 외삼촌이 마흔넷이라는 젊은 나이에 췌장암으로 세상을 떠났다.

외삼촌은 키가 작고 콧수염을 기른 미남이었는데 같은 아파트의 바로 아래층에 살던 나는 그의 마지막 시간들을 함께 했다.

나는 강인했던 육체가 병으로 시들어 가다가 잔뜩 붓는 것을 지켜보았다. 또 밤이면 밤마다 식탁에 몸을 구부린 채 배를 누르며 통증에 시달리는 모습을 목격해야 했다. 그는 두 눈을 꾹 감고서 고통으로 일그러진 입으로 "아아, 하느님!", "아아, 맙소사!"라는 신음 소리를 토해 내곤 했다. 외숙모와 두 명의 어린 사촌 동생 그리고 나는 말없이 설거지 같은 일들을 하면서 애써 외삼촌을 외면하곤 했다. 평생에 그렇게 무력하게 느껴지던 때는 없었다.

5월 어느 날 밤, 외삼촌과 나는 아파트 발코니에 앉아 있었다. 산들바람이 부는 포근한 날씨였다. 외삼촌은 지평선을 바라보면서 이를 악물고 말했다. 자기는 아이들이 새 학년을 맞는 것을 보지 못할 것 같다고. 그리고 내게 사촌 동생들을 돌봐 주겠느냐고 물었다. 난 그에게 그런 말은 하지 말라고 했다. 외삼촌은 슬픈 눈으로 나를 바라보았다.

몇 주일 후, 외삼촌은 자신의 말처럼 정말 세상을 떠났다. 장례식이 끝난 후 내 삶은 완전히 바뀌었다. 갑자기 시간이 귀하게 여겨졌다. 하수구에 마구 흘러들어 가는 물처럼 시간이 쑥쑥 빠져나가는 것만 같아서 아무리 빨리 움직여도 만족스럽지가 않았다.

난 더 이상 손님이 없는 나이트클럽에서 연주하지 않았다. 또 아파트에 처박혀 아무도 들어 주지 않을 노래를 작곡하지도 않았다. 대신에 학교로 돌아갔다. 거기에서 저널리즘에 대한 공부를 하고 석사 학위를 땄다. 그리고 처음으로 일자리를 제의받은 직장에서 스포츠 기자로 일했다. 나 자신의 꿈을 좇는 대신에 명성을 갈구하는 여러 운동선수들에 대한 글을 썼다. 신문에 내 기사를 실었고 잡지에도 자유 기고가로 활동했다. 그야말로 정신없이 일했다. 아침에 일어나서 겨우 양치질만 하고 잘 때 입었던 차림 그대로 타자기 앞에 앉았다. 회사원 생활을 했던 외삼촌은 다람쥐 쳇바퀴 같다면서 그런 생활을 지겨워했다. 그러나 나는 그처럼 인생을 마치지 않기로 다짐했다.

뉴욕에서 플로리다로, 거기서 다시 디트로이트로 가서 「디트로이트 프리 프레스」지의 칼럼니스트가 되었다. 디트로이트는 스포츠에 대한 인기가 좀처럼 식을 줄 모르는 도시라서(디트로이트에는 풋볼, 농구, 야구, 하키 등의 프로 팀들이 있었다) 내 야망과 꼭 맞아떨어졌다. 몇 년 후 나는 칼럼 이외에 스포츠에 관한 책도 썼다. 그리고 라디오 쇼도 진행했으며 정기적으로 텔레비전에 출연해서 고연봉의 풋볼 선수와 위선적인 대학 스포츠 프로그램에 대해서 열변을 토해 내곤 했다. 나는 미국을 적시는 소나기 언론의 한 축을 이루고 있었다. 이제 곳곳에서 나를 원했다.

이제 렌트 인생도 끝났다. 나는 마구 사들이기 시작했다. 언덕 위에 있는 집을 샀고 자동차도 사들였다. 주식 투자를 하고 재산을 불려 나갔다. 내 삶은 기어를 5단에 놓고 달리는 것 같았고 모든 일이 숨 가쁘게 돌아갔다. 난 미친 듯이 일했다. 심장이 터질 듯한 속도로 차를 몰았다. 그리고 상상한 것보다 훨씬 더 많은 돈을 벌어들였다. 그리고 그 와중에 제닌이라는 검은 머리칼을 지닌 여인을 만났다. 그녀는 내 바쁜 스케줄과 빈번한 출장에도 아랑곳하지 않고 계속 나를 사랑해 주었다. 우리는 7년간의 긴 연애 끝에 결혼했다. 결혼식이 끝나고 일주일 만에 나는 다시 일을 시작했다. 아내에게는(그리고 나 자신에게도) 언젠가 그녀가 그렇게도 원하는 가족다운 생활을 하게 될 거라고 약속했다. 하지만 그런 날은 오지 않았다.

대신에 나는 성취감에 파묻혔다. 일을 훌륭히 성취해 내면 나 자신이 인생의 칼자루를 쥐게 될 거라고 믿었기 때문이다. 이렇게 살면 내 앞에서 비참하게 죽어 간 외삼촌처럼 병들어 죽기 전에 행복의 마지막 조각까지도 다 끼워 맞추고 삶을 끝낼 수 있을 거라고 믿었기 때문이다. 또 그런 결말이 내 운명의 당연한 몫이라고도 생각했다.

모리 교수님에 대해서는 글쎄……, 종종 그분이 생각나긴 했다. 교수님에게서 배운 '인간답게 사는 것'과 '다른 사람과 관계 맺는 것'에 대해 생각하곤 했지만 나와는 동떨어진 남의 얘기처럼 항상 멀찍이서 바라볼 뿐이었다.

오랜 세월 나는 브랜다이스 대학이 보내온 우편물은 모두 기부금을 요구하는 것이라고 짐작하고서 읽지도 않고 봉투째 쓰레기통에 던져 버렸다. 그래서 모리 교수님이 병에 걸렸다는 사실을 전혀 몰랐다. 그리고 내게 그런 소식을 알려 줄 만한 사람들조차 없었다. 하나같이 연락이 끊긴 지 오래였다. 그들의 전화번호가 담긴 수첩은 다락방에나 처박혀 있을 터였다.

그날 밤 늦게까지 텔레비전 채널을 이리저리 돌려 보지 않았다면 아마도 나는 쭉 그런 식으로 살았으리라. 채널을 돌리다가 귀에 익은 이름이 내 귀를 잡아끌지 않았다면…….

코펠의 첫 번째 인터뷰

1995년 3월, ABC TV의 유명한 토크 쇼 '나이트라인'의 사회자 테드 코펠의 리무진이 매사추세츠 웨스트 뉴턴에 있는 눈 덮인 모리 교수님 댁 앞에 멈춰 섰다.

교수님은 이제 늘 휠체어에 앉아 지냈다. 그를 도와주는 사람들이 휠체어에서 침대로, 침대에서 휠체어로 무거운 부대자루처럼 그의 몸을 들었다 내렸다 하는 데 익숙해져 있었다. 그는 식사 도중 끊임없이 기침을 해 댔고 음식 씹는 것을 몹시 힘겨워했다. 다리의 운동 기능은 완전히 상실되어 이제 더 이상 걷지 못했다.

하지만 그는 '절망'이라는 말을 거부했다. 대신 아이디어의 피뢰침이 되었다. 메모지와 봉투, 서류철, 스크랩북 등에 떠오르는 생각들을 그때그때 메모해 나갔다. 매일매일 죽음의 그림자를 껴안고 살아가는 삶에 대한 단상들을 써 내려갔다.

"할 수 있는 일과 할 수 없는 일이 있음을 인정하라.", "과거를 부인하거나 버리지 말고 있는 그대로 받아들여라.", "타인을 용서하는 법을 배워라.", "너무 늦어서 어떤 일을 할 수 없다고 생각하지 마라."

한참 후, 이런 '아포리즘'은 50여 개가 넘었고 그는 친구들에게 그것을 보여 주었다. 그중 브랜다이스 대학의 동료인 모리 스타인 교수는 이 글귀에 매혹된 나머지, 그것들을 「보스턴 글로브」의 기자에게 보냈다. 그 기자는 모리 교수님의 아포리즘에 큰 감동을 받고 그에 대한 긴 기사를 썼다. 그 기사의 제목은 이랬다.

어느 교수의 마지막 강의 : '자신의 죽음'

이 기사가 '나이트라인' 담당 프로듀서의 눈에 띄었고 그는 이 기사를 워싱턴의 테드 코펠에게 보여 주었다.

"이것 좀 보세요."

그래서 모리 교수님 댁의 거실에 카메라맨들이 들이닥쳤고 코펠의 리무진이 오게 되었던 것이다.

교수님의 친구들과 가족 몇 명이 모여 있다가 유명 인사인 코펠이 집에 들어오자 흥분해서 웅성거렸다. 그러나 정작 당사자인 모리 교수님만은 담담했다. 오히려 그는 혼자서 휠체어를 타고 나와 눈을 치켜뜨고선 노래하는 듯한 높은 톤의 목소리로 소란을 잠재웠다.

"테드, 이 인터뷰를 승낙하기 전에 먼저 당신부터 검토해야겠소."

어색한 침묵이 흘렀고 두 사람은 서재로 들어갔다. 그리고 문이 닫혔다.

"아이고, 테드가 모리한테 너무 깐깐하게 굴지 않았으면 좋겠는데."

한 친구가 문밖에서 소근댔다.

"난 모리가 테드에게 깐깐하게 굴지 않았으면 좋겠어."

다른 친구가 그의 말을 받아쳤다.

서재에 들어가자 모리 교수님은 코펠에게 앉으라는 몸짓을 했다. 그는 무릎 위에 양손을 놓고 미소를 지었다.

"테드, 당신의 마음에서 가장 걸리는 부분을 말해 봐요."

교수님이 말문을 열었다.

"제 마음에요?"

코펠은 이 노인을 찬찬히 살펴보았다.

"좋습니다."

그는 조심스레 대답하고 나서 자식에 관한 이야기를 했다.

마음에 가장 걸리는 것은 자식이 아닐까?

"좋아요. 이제 당신의 신념에 대해 얘기해 봐요."

코펠은 기분이 언짢아졌다.

"방금 만난 사람에게는 그런 이야기를 하지 않습니다."

그러자 교수님은 안경 너머로 코펠을 쳐다보며 말했다.

"테드, 난 죽어 가고 있다오. 시간이 별로 많지 않아요."

코펠은 소리 내어 웃었다.

"좋습니다. 신념이요……"

그는 마르쿠스 아우렐리우스가 한 말 중에서 몇 개의 구절을 인용했다. 모리 교수님은 고개를 끄덕였다.

"이제 제가 교수님께 여쭤 보겠습니다. 제 프로그램을 보신 적 있으십니까?"

코펠이 물었다. 교수님은 어깨를 으쓱하며 대답했다.

"아마 두 번쯤."

"두 번이요? 그게 답니까?"

"기분 나빠할 것 없어요. '오프라 윈프리 쇼'는 딱 한 번 봤으니까."

"그럼 저의 프로그램을 두 번 보고서 어떤 생각을 하셨습니까?"

모리 교수님은 잠시 머뭇거리다가 물었다.

"솔직히 말해도 괜찮겠소?"

"네에?"

"당신이 나르시시스트라고 생각했소."

코펠은 갑자기 웃음보를 터뜨렸다.

"이렇게 못생겼는데 어떻게 나르시시스트겠습니까?"

곧 거실 벽난로 앞에서 카메라가 돌아갔다. 코펠은 파란색 양복을 쪽 빼입었고 모리 교수님은 헐렁한 회색 스웨터 차림으로 카메라 앞에 자리를 잡았다. 교수님은 인터뷰하기 위해 멋진 옷을 걸치거나 메이크업하는 것을 거부했다. 이는 죽음이란 결코 당황스러운 것이 아니어야 한다는 그의 철학을 잘 보여 주는 행동이었다. 그는 죽음의 콧잔등에 분칠을 하지 않으려고 했다.

휠체어에 앉아 있었기 때문에 카메라는 교수님의 힘없는 다리를 잡지 못했다. 교수님은 아직까진 양손을 움직일 수 있었기 때문에 활기차게 팔을 휘저으며 자신이 삶의 종말을 어떻게 맞고 있는지 열정적으로 설명해 나갔다.

"테드, 이 모든 게 시작됐을 때 난 스스로에게 물었어요. '다른 사람들처럼 나도 이 세상에서 그대로 물러날 것인가, 아니면 보람 있는 삶을 살 것인가?' 하고 말이에요. 난 원하는 대로 살기로, 아니 최소한 그렇게 살려고 노력하기로 결정했어요. 위엄 있게, 용기 있게, 유머러스하게, 침착하게."

모리 교수님은 테드의 얼굴을 바라보며 미소 지은 후 다음 말을 이어 나갔다.

"물론 아침이면 울고 또 울면서 자기 연민에 빠지는 날도 있어요. 또 어떤 날 아침에는 화가 나고 쓸쓸하기도 해요. 하지만 그런 기분은 오래가지 않아요. 매일 아침 일어나면서 난 이렇게 말하죠. '난 살고 싶다.'"

"그렇군요."

"지금까지는 잘해 올 수 있었어요. 앞으로도 이렇게 잘할 수 있을지는 나도 잘 모르겠어요. 하지만 잘해 나갈 거라고 생각해요."

코펠은 모리 교수님에게 푹 빠진 것 같았다. 그는 죽음이 일으키는 수치심에 대해 물었다.

"글쎄요, 프레드."

모리 교수님은 자기도 모르게 딴 이름을 불렀다가 금세 다시 고쳐 말했다.

"아니, 테드⋯⋯."

"바로 그런 부분이 수치심을 야기하겠죠."

코펠은 이렇게 말하고는 크게 웃었다. 두 사람은 사후 세계에 대해서도 이야기를 나누었다. 모리 교수님은 자신이 다른 사람에게 많이 의존하게 된다는 이야기도 했다. 그는 이미 먹고 앉고 장소를 이동할 때 다른 사람의 도움이 필요했다.

코펠은 또 물었다.

"천천히 약해져 갈 때 가장 두려운 게 뭡니까?"

모리 교수님은 잠시 말을 멈추었다. 그리고 텔레비전에 이런 말이 나와도 되느냐고 물었다. 코펠은 괜찮다고 대답했다.

우리 교수님은 미국에서 가장 잘나가는 앵커맨의 눈을 똑바로 쳐다보며 말했다.

"테드, 어느 날 누군가 내 엉덩이를 닦아 줘야만 한다는 사실이 가장 두렵소."

꽃무늬 이 프로그램은 금요일 밤에 방송되었다. 테드 코펠이 워싱턴의 데스크에 앉아 있는 장면부터 시작되었다. 그는 신념에 찬 목소리로 말했다.

"모리 슈워츠는 누구입니까? 그리고 왜 이 늦은 밤 여러분은 그를 그토록 걱정하는 것일까요?"

그때 나는 1,000마일쯤 떨어진 언덕 위에 있는 집에서 이리저리 텔레비전 채널을 돌리고 있었다. 화면에서 흘러나오는 "모리 슈워츠는 누구입니까?"라는 소리가 귀에 들려오자 난 그만 멍해져 버렸다.

'미첼'과 '미치'

1976년 봄, 첫 수업 시간. 나는 모리 교수님의 널따란 연구실에 들어선다. 사방의 선반마다 꽂힌 수많은 책들이 눈에 들어온다. 사회학, 철학, 종교, 심리학에 관한 서적들이다. 마룻바닥에는 커다란 융단이 깔려 있고 창밖으로는 캠퍼스의 보도가 내려다보인다.

교수님의 연구실에는 열댓 명이 모여서 노트와 강의 요록을 만지작거리고 있다. 대부분 청바지에 운동화, 면 셔츠 차림이다. 그렇게 작은 규모의 강의니 결석하기가 쉽진 않겠다고 속으로 생각한다.

'수강하지 말까?'

"미첼?"

그때 모리 교수님이 출석을 부른다. 난 손을 든다.

"미치라고 부르는 편이 더 좋은가, 아니면 미첼이 더 낫겠나?"

교수님한테 이런 질문을 받아 보기는 난생 처음이다. 나는 노란색 터틀넥 스웨터와 초록색 코듀로이 바지 차림에 이마에는 은빛 머리칼이 덥수룩하게 덮인 교수님을 찬찬히 쳐다본다. 그는 미소를 짓고 있다.

"미치가 좋습니다. 친구들은 저를 미치라고 부르거든요."

"좋아, 그럼 나도 미치라고 부르기로 하지."

교수님은 마치 거래라도 성사된 듯 말한다.

"그럼, 미치?"

"네?"

"언젠간 자네가 날 친구로 생각해 주길 바라네."

졸업 후 첫 만남

보스턴의 조용한 교외에 위치한 웨스트 뉴턴. 이곳에 위치한 교수님 댁 앞으로 렌트한 차를 몰고 들어갈 즈음 난 한 손에는 커피가 담긴 컵을 들고 다른 한 손으로는 운전을 하고 있었다. 나는 귀와 어깨 사이에 휴대전화를 끼고서 텔레비전 방송 프로듀서와 당시에 제작 중이었던 프로그램에 대해서 통화하는 중이었다. 몇 시간 후에 비행기로 돌아갈 예정이었던 나는 디지털시계와 도로에 줄지어 선 우편함에 적힌 번지수를 번갈아 가며 쳐다보고 있었다. 자동차의 라디오에서는 뉴스 방송이 나오고 있었다. 나는 늘 이런 식이었다. 한꺼번에 다섯 가지가 넘는 일을 했다.

"테이프를 돌려서 틀어 봐요. 그 부분을 다시 들려줘요."

나는 프로듀서에게 말했다.

"알겠습니다, 잠깐만요."

그가 대답했다. 그런데 갑자기 교수님 댁이 나타났다. 나는 브레이크를 밟다가 커피를 그만 무릎에 쏟고 말았다. 자동차가 멈췄을 때 커다란 단풍나무와 집 앞 차도 부근에 앉아 있는 세 사람이 내 눈에 들어왔다. 젊은 남자와 중년의 여자 그리고 휠체어에 앉은 왜소한 노인.

"모리 교수님……."

교수님을 보자 나는 그 자리에서 얼어붙고 말았다.

"여보세요? 아직 듣고 계십니까?"

전화기에서는 프로듀서의 다급한 목소리가 들려 왔다.

모리 교수님과는 꼭 16년 만이었다. 머리숱은 줄어든 데다가 거의 백발이 되어 버렸고 얼굴은 몹시 수척해져 있었다. 갑자기 아직 준비가 덜 된 것 같다는 느낌이 들었다. 게다가 나는 그때 통화중이었다. 내가 도착한 것을 교수님이 알아차리지 못하기를 바랐다. 그 동네를 몇 바퀴 돌면서 전화 통화를 마치고 슬슬 마음의 준비를 할 수 있을 테니까. 하지만 예전에 내가 너무나도 잘 알고 있던, 그러나 너무나 약해져 버린 옛 은사님은 내 차를 보고서 벌써 미소를 짓고 있었다. 그리고 무릎 위에 손을 포개고서 내가 내리기를 기다리고 있었다.

"여보세요? 앨봄 씨, 듣고 있어요?"

프로듀서가 다시 나를 부르는 목소리가 들려왔다.

우리가 함께한 시간과 내가 젊었을 때 그가 보여 줬던 친절과 인내를 생각한다면 나는 당장 전화기를 집어 던지고서 차에서 뛰어내려 교수님께 달려가 입을 맞추며 인사해야 했다. 하지만 나는 자동차의 시동을 끄고 나서도 무엇인가를 찾는 사람처럼 그대로 앉아서 안절부절못하고 있었다.

"그래요, 듣고 있어요."

난 전화기에 대고 프로듀서에게 답을 했다. 그리고 그와 하던 이야기를 끝까지 마무리 지었다.

나는 대학을 졸업한 후에 내가 가장 능숙하게 할 줄 아는 일을 했다. 즉, '일하는 체'를 했던 것이다. 죽어 가는 선생님이 잔디밭에서 저렇게 날 기다리는 동안에도 말이다. 그 일을 생각하면 지금도 나는 부끄러워서 얼굴을 들 수가 없다. 하지만 그때 난 정말로 그랬다.

5분 후 모리 교수님은 날 끌어안고 성긴 머리칼을 내 뺨에 대고 부볐다. 난 열쇠를 찾느라 차에서 금방 내리지 못했노라고 둘러댔다. 그러고는 거짓말을 만회하려는 듯 그를 더욱 꼭 끌어안았다. 봄 햇살이 따뜻했지만 그는 바람막이 점퍼를 입고 무릎에는 담요를 덮고 있었다. 모리 교수님에게선 약을 복용하는 사람들에게서 흔히 나는 쿰쿰한 냄새가 났다.

73

얼굴을 댔을 때 그의 힘겨운 숨소리가 내 귀에 들렸다. 교수님은 속삭였다.

"내 친구, 마침내 자네가 왔구먼."

그는 나를 놓지 않으려고 내게 몸을 기댔고 내가 허리를 굽히자 양손으로 내 두 팔을 잡았다. 그렇게나 많은 세월이 흘렀는데도 교수님이 너무나 다정스럽게 나를 대하는 것에 놀랐다. '내가 현재와 과거 사이에 세워 두었던 벽 때문에 우리가 전에 얼마나 가까운 사이였는지 그만 깜박 잊고 있었구나.' 하는 생각과 함께 졸업식 날이, 서류 가방이, 떠나는 내게 보여 주었던 교수님의 눈물이 떠오르자 나는 침을 꿀꺽 삼켰다. 나는 이제 더 이상 그가 기억하는 재능 있고 착한 학생이 아니라는 사실을 마음속 깊이 알고 있었다.

교수님을 뵙는 몇 시간 동안 나는 그가 지금의 내 진짜 모습을 몰랐으면 좋겠다고 생각했다. 집 안으로 들어가서 우리는 호두나무로 만들어진 식탁에 둘러앉았다. 이웃집이 내다보이는 창가였다. 교수님은 좀 더 편한 자세를 취하려고 휠체어를 이리저리 옮기느라 야단을 피웠다. 그리고 전과 다름없이 내게 음식들을 먹이고 싶어 했고 나는 그것들을 흔쾌히 받아 먹었다. 집에서 일을 도와주는 코니라는 이탈리아 인 아주머니가 빵과 토마토를 잘라 주고 치킨 샐러드와 후무스(병아리콩을 삶아 곱게 간 것에 참기름을 넣어 맛을 낸 것으로, 여기에 주로

빵을 찍어 먹는다 - 옮긴이) 그릇들을 가져왔다.

그녀는 알약도 가져왔다. 교수님은 약을 보자 한숨을 내쉬었다. 그는 예전보다 부쩍 눈이 꺼져 있었고 광대뼈가 도드라져 보였다. 그래서 미소 지을 때 더 엄하고 늙어 보이는 인상을 풍겼다. 축 처진 뺨은 커튼처럼 주름이 잡혔다.

"미치, 내가 죽어 가고 있다는 걸 자네도 알지?"

교수님이 나직이 물었다.

"네, 알고 있어요."

"그렇다면 됐네."

그는 알약을 삼키고 종이컵을 내려놓은 후 숨을 깊이 들이쉬었다. 그런 다음 이런 말을 했다.

"그럼 그게 어떤 기분인지 말해 볼까?"

"어떤 기분이죠, 죽어 가는 것은?"

"그래, 말해 주지."

교수님은 말했다.

나도 모르는 사이 우리의 마지막 강의는 이렇게 시작되었다.

미치의 코치

대학 신입생 시절 모리 교수님은 다른 교수님들보다 늙었고 나는 다른 학생들보다 어렸다. 내가 남들보다 고등학교를 1년 먼저 졸업했기 때문이다.

나이가 어린 것을 감추기 위해서 나는 더 나이 들어 보이도록 회색 상의에 펑퍼짐한 운동복 바지를 입고 피우지도 않는 담배를 물고 돌아다닌다. 낡은 머큐리 쿠거를 몰 때면 창문을 내리고 음악을 크게 틀어 놓고 달린다.

일부러 거친 분위기를 내려고 애쓰지만 왠지 내 마음을 잡아끄는 건 모리 교수님의 부드러움이다. 그리고 교수님은 일부러 꾸며서 행동하는 내 모습보다는 나의 진짜 모습을 봐 주기 때문에 그를 대할 때면 항상 편안하다.

처음 수강한 교수님의 강의가 끝나자 다음 학기에도 그의 강의에 등록한다. 그는 성적에 크게 엄격한 편이 아니기 때문에 대체로 성적을 잘 준다. 선배들 얘기로는 월남전이 계속되던 해에 모리 교수님은 학생들이 징병 유예를 받을 수 있도록 남학생 모두에게 A 학점을 주었다고 한다.

나는 고등학교 때 육상 코치를 '코치'라고 불렀던 것처럼 모리 교수님을 '코치'라고 부르기 시작한다. 교수님은 그 별명을 무척 마음에 들어 한다.

"코치라, 그거 좋군. 그럼 내가 자네 코치가 돼 주지. 그러면 자넨 내 선수가 되는 거야. 이제 난 늙어서 살지 못하는 멋진 삶을 나 대신 살아 줄 수 있겠지?"

종종 우리는 카페에서 함께 식사를 한다. 모리 교수님이 나보다 훨씬 더 지저분해서 난 기분이 좋다.

그는 입속에 음식을 가득 넣은 채 말을 하고 어떤 때는 심지어 입을 벌리고 크게 웃어 젖히기까지 한다. 그리고 달걀 샐러드 샌드위치를 입에 가득 넣은 채 열의에 차서 자신의 생각을 토해 내기도 한다. 치아에 달걀노른자가 묻은 것도 모른 채 말이다.

그의 그런 점이 내 마음에 쏙 든다. 교수님과 지냈던 시절 내내 나는 두 가지 열망에 사로잡힌다. 그를 꼭 껴안아 주고 싶은 마음과 그에게 냅킨을 건네주고 싶은 마음.

숨쉬기와 숨 헤아리기

식당 창문으로 햇살이 들어와 참나무로 된 마룻바닥이 반짝거렸다. 우리는 거의 두 시간이나 이야기를 나누었다. 전화가 울리자 모리 교수님은 집안일을 도와주는 코니에게 전화를 받아 달라고 부탁했다. 코니는 교수님의 작고 검은 수첩에 전화를 건 사람의 이름을 적었다. 약속 시간을 기록하는 그 수첩에는 친구들의 이름과 명상 선생님들의 이름이 가지런히 적혀 있었다. 토론 그룹도 적혀 있었고 잡지에 실을 사진을 찍으러 오고 싶어 하는 사람도 있었다.

모리 교수님을 방문하고 싶어 하는 사람은 나뿐만이 아니었다. '나이트라인'이 그를 유명인으로 만들어 버린 듯했다. 난 교수님에게 그렇게 많은 친구가 있다는 사실이 감동스럽기도 했고 한편으로는 샘나기도 했다. 대학 시절 내내 내 일상생활을 둘러싸고 있던 동창들을 생각해 봤다. 그들은 모두 어디에 있을까?

"미치, 내가 죽어 간다니까 사람들이 훨씬 더 관심을 기울여 준다네."

"교수님은 항상 관심을 끄는 분이셨어요."

"오, 그래? 그렇게 말해 주니 정말 고맙네."

그는 미소를 지었다.

'아니에요, 정말 그렇잖아요.'

나는 속으로 중얼거렸다.

"사실은 이런 이유 때문이야. 사람들은 나를 다리로 생각해. 난 예전처럼 살아 있는 것도 아니고 그렇다고 완벽하게 죽은 것도 아니야. 뭐랄까……, 난 그 중간쯤에 있는 존재라고 할 수 있어."

그는 마구 터져 나오는 기침을 겨우 진정하고 나서 다시 미소를 지었다.

"난 지금 마지막 여행을 하고 있고 사람들은 내게서 그들이 나중에 어떤 짐을 챙겨야 하는지를 듣고 싶어 하지."

전화벨이 다시 울렸다.

"모리, 통화할 수 있으세요?"

코니가 물었다.

"난 지금 옛 친구랑 대화하고 있어요. 다시 걸라고 해 줘요."

그가 대답했다.

교수님은 날 왜 그렇게 따뜻하게 맞아 주었을까? 지금도 잘 모르겠다. 난 16년 전 교수님의 곁을 떠난 그 전도유망한 학생이 아니었다. '나이트라인'이 아니었다면 교수님은 내 얼굴을 다시는 못 보고 돌아가셨을 텐데. "요즘에는 누구나 다 그렇게 살지 뭐."라는 말 이외에는 다른 핑곗거리가 없었다. 나는 꽉 짜여진 생활에 완전히 휩싸여 살았다. 그리고 너무나 바빴다.

'내가 어떻게 된 걸까?'

스스로에게 물었다. 귀에 익은 모리 교수님의 목소리는 날 대학 시절로 데려가 주었다. 그 시절 나는 부자는 모두 나쁜 사람이며 와이셔츠와 넥타이는 죄수복이라고 생각했다. 잠에서 깨서 어디로든 떠나갈 자유, 오토바이를 몰고 바람을 맞으며 파리 뒷골목을 누비거나 티베트에 들어갈 자유가 없는 것은 행복한 삶이 아니라고 생각했다. 그런데 그랬던 내가 어떻게 된 걸까?

1980년대가 흘러갔다. 그리고 1990년대도 흘러가고 있다. 그사이 지인들의 죽음과 질병, 비만, 탈모 등 많은 일들이 일어났다. 또 많은 꿈들을 두둑해진 월급봉투와 맞바꿔 버렸다. 그러면서도 내가 무슨 짓을 하고 있는지조차 깨닫지 못했다.

하지만 지금 모리 교수님은 근사했던 우리의 대학 시절에 대해서 이야기했다. 마치 내가 그저 긴 방학을 보내고 돌아오기라도 한 것처럼 말이다.

"마음을 나눌 사랑을 찾았나?"

교수님이 물었다.

"지역 사회를 위해 뭔가를 하고 있나?"

다시 나의 얼굴을 들여다보며 물었다.

"마음은 평화로운가?"

나는 점점 얼굴이 빨개졌다.

"최대한 인간답게 살려고 애쓰고 있나?"

난 그런 질문들에 당황하며 마치 그런 일들을 완수하려고 애쓰며 살았던 것처럼 보이고 싶어서 우물쭈물했다. 도대체 어떻게 된 것일까? 절대로 돈 때문에 일하진 않겠다고 다짐하던 시절이 있었는데, 자원봉사단에 가입하고 영감을 주는 아름답고 조용한 곳에서 살겠다고 다짐하던 때가 있었는데…….

그런데 나는 지금 10년째 디트로이트에서 살고 있으며 같은 직장에서 일하고 같은 은행을 이용하며 같은 이발소에 다니고 있다. 난 서른일곱 살이었고 컴퓨터와 휴대전화에 매달려 대학 시절보다 한결 능률적으로 살았다. 그리고 유명 운동선수들에 대한 기사를 썼다. 그들 대부분은 나 같은 사람한테는 신경도 쓰지 않았다. 난 이제 더 이상 또래에 비해 어려 보이지 않았으므로 회색 운동복을 입고 불을 붙이지 않은 담배를 물고 돌아다니는 짓 따위는 하지 않았다. 물론 달걀 샐러드 샌드위치를 먹으면서 오랜 시간 인생의 의미를 토론하는 일도 없었다. 하루하루의 스케줄은 꽉 차 있었지만 만족스럽지 못한 시간들이 많았다. 내가 어떻게 된 걸까?

"코치."

갑자기 교수님의 별명이 기억났다.

그는 환하게 웃었다.

"그래, 맞아. 난 지금도 자네의 코치라네."

그는 소리 내어 웃은 후 다시 먹기 시작했다. 음식은 벌써 40분 전부터 먹기 시작했던 것이었다.

나는 교수님을 물끄러미 바라보았다. 그는 처음으로 먹는 법을 배우는 아이처럼 손을 매우 천천히 움직였다. 나이프로 음식을 힘껏 자르지도 못했다. 손가락이 후들후들 떨렸다. 교수님이 한입 한입 베어 물 때마다 그것은 숫제 몸부림에 가까웠다. 음식을 한참 씹고 나서야 겨우 삼킬 수 있었고 가끔 입가로 음식물이 흘러내리기도 했다. 그럴 땐 들고 있던 것들을 모두 내려놓아야만 겨우 냅킨으로 얼굴을 닦을 수 있었다. 손목에서 손가락 관절까지의 피부에는 점들이 나 있었고 닭고기 수프에 든 닭 뼈처럼 살은 말라서 축 늘어져 있었다.

우린 한참 동안 먹었다. 병든 노인과 건강하고 젊은 남자

둘이서 말이다. 그러다 둘 다 방의 고요함에 휩싸였다. 당황스러운 적막감이라고 말하고 싶지만 사실 이 침묵을 불편해하는 사람은 나뿐이었다.

갑자기 모리 교수님이 말문을 열었다.

"죽어 가는 것은 그저 슬퍼할 거리에 불과하네. 불행하게 사는 것과는 또 달라. 나를 찾아오는 사람들 중에는 불행한 사람이 아주 많아."

"왜 그럴까요?"

"글쎄, 무엇보다도 우리 문화는 사람들에게 행복감을 느끼지 못하도록 하네. 우린 거짓된 진리를 가르치고 있어. 그러니 스스로 제대로 된 문화라는 생각이 들지 않으면 그것을 굳이 따르려고 애쓰지 말게. 그것보다는 자신만의 문화를 창조해야 해. 그러나 대부분의 사람들은 그렇게 하지 못하네. 그래서 그들은 나보다 훨씬 더 불행해. 이런 불편한 상황에 처한 나보다도 말이야."

"정말 그런가요?"

"나는 죽어 가고 있지만 날 사랑하고 염려해 주는 사람들에 둘러싸여 있지 않나. 사랑하는 사람들에게 둘러싸여 산다고 자신 있게 말할 수 있는 사람이 과연 몇이나 될까?"

그가 전혀 자기 연민을 가지고 있지 않다는 사실이 놀라웠다. 이젠 춤도 출 수 없고 혼자선 수영도 할 수 없고 목욕도

할 수 없으면서, 또 걷지도 못하고 초인종이 울려도 나가 볼 수도 없고 샤워 후에 자기의 몸을 닦지도 못하면서 말이다. 아니, 심지어 침대에서 몸을 뒤척이지도 못하면서 어떻게 이 상황을 그토록 긍정적으로 받아들일 수 있는 것일까?

나는 교수님이 포크를 가지고 힘겹게 애쓰고 있는 모습을 지켜보았다. 교수님은 토마토 조각을 두어 번 놓친 후에야 겨우 집을 수 있었다. 애처로운 광경이었지만 그의 앞에 앉아 있으니 이상하게도 엄숙함이 깃들어 있다는 느낌을 받았다. 대학 시절 나를 위로해 주었던 그 차분한 바람이 우리 두 사람 사이를 둘러싸고 있었다.

나는 습관적으로 손목시계를 힐끗 보았다. 예상했던 시간보다 지체되고 있었다. 집으로 돌아가는 비행기 예약 시간을 바꿔야겠다는 생각이 들었다. 바로 그 순간 교수님이 한 말이 오늘까지도 내 마음에서 떠나지 않는다.

"내가 어떻게 죽을지 혹시 아나?"

난 눈을 잔뜩 치떴다.

"난 질식해서 죽을 거야. 천식 때문에 폐가 이 병을 제대로 견뎌 낼 수 없거든. 루게릭병이란 놈이 위로 차츰차츰 올라오고 있어. 이미 다리를 다 잡아먹었고 이제 곧 팔과 손에도 올라올 거야. 그게 폐까지 올라오면……."

그는 어깨를 으쓱하며 말을 이었다.

"난 끝이야."

뭐라고 대꾸할 수가 없어서 난 이렇게 말했다.

"선생님, 그건 모르는 일이에요."

모리 교수님은 지그시 눈을 감았다.

"난 알아, 미치. 자네는 내가 죽는 것을 두려워해서는 안돼. 난 훌륭한 삶을 살아왔고 우리 모두에게 끝이 놓여 있다는 걸 알잖나. 이제 4, 5개월 정도 남았을걸."

"제발 선생님, 그런 말씀 하지 마세요. 그건 아무도 알 수 없는 거예요."

난 초조하게 말했다. 하지만 그는 부드럽게 대답했다.

"아니야, 난 잘 알아. 간단한 테스트까지 있다네. 어떤 의사가 가르쳐 줬어."

"테스트요?"

"몇 차례 숨을 들이쉬어 보게."

난 교수님이 시키는 대로 했다.

"이제 한 번만 더 들이쉬어 봐. 하지만 이번엔 숨을 내쉴 때 다음 들이마실 때까지 숫자를 얼마나 셀 수 있는지 헤아려 보게나."

"일, 이, 삼, 사, 오, ……, 육십구, 칠십."

칠십까지 센 후 나는 다시 숨을 들이마셨다.

"잘했네. 폐가 아주 건강하군. 자, 이제 내가 하는 걸 잘 보라고."

그는 공기를 들이마신 다음 힘없는 목소리로 헤아리기 시작했다.

"일, 이, 삼, 사, 오, 육, 칠, 팔, 구, 십, 십일,……, 십칠,……, 십팔."

그는 숫자 세는 것을 멈추고서 숨을 들이쉬었다.

"처음 의사가 시켰을 때는 이십삼까지 셀 수 있었네. 그런데 지금은 십팔까지야."

교수님은 눈을 감고 고개를 흔들었다.

"산소 탱크가 거의 비었어."

나는 손가락으로 허벅지를 초조하게 두드렸다. 오늘 하루의 만남으로는 이만하면 충분했다.

"늙은 선생을 다시 만나러 오게나."

내가 작별 인사를 하면서 끌어안자 교수님은 그렇게 말했다. 그러겠다고 약속했다. 전에 이와 비슷하게 약속했던 사실을 떠올리지 않으려고 무척 애를 썼다.

밀고 당김의 긴장

대학 구내 서점에서 나는 모리 교수님의 독서 리스트에 있는 책 몇 권을 산다. 전에는 세상에 이런 책들이 있는지조차 몰랐다. '젊음 : 자기 정체와 위기', '나와 너', '해체된 자아'와 같은 제목들의 책이다.

대학에 입학하기 전에 나는 인간관계에 대한 연구가 학문의 한 계통으로 간주된다는 사실조차도 몰랐다. 또한 모리 교수님을 만날 때까지는 그것이 학문이라는 것을 믿지도 않았다. 하지만 책을 향한 그의 강한 열정은 주위에 있는 사람에게까지 전염된다.

수업이 끝나고 강의실이 텅 비면 우리는 가끔 진지한 대화를 나눈다. 교수님은 내 생활에 대해 여러 가지를 물으면서 독일 태생의 정신분석학자인 에리히 프롬이나 에릭 에릭슨, 오스트리아 태생의 유대인 철학자인 마르틴 부버 등의 말을 인용한다. 가끔 인용 구절 뒤에 자기 나름의 충고를 주석으로 덧붙이기도 한다. 이럴 때면 나는 그가 친구가 아닌 진짜 교수임을 깨닫는다.

어느 날 오후, 나는 내 나이가 주는 혼란스러움에 대해 불평을 토로한다. 나에 대한 현실적인 기대와 나 자신이 원하는 것과의 괴리에 대해서 말이다.

"내가 '밀고 당김의 긴장'에 대해 말한 적이 있던가?"

교수님이 묻는다.

"밀고 당김의 긴장이요?"

"그래, 인생은 밀고 당김의 연속이네. 자넨 이것이 되고 싶지만 다른 것을 해야만 하지. 이런 것이 자네 마음을 상하게 하지만 상처받지 말아야 한다는 것을 자넨 너무나 잘 알아. 또 어떤 것들은 당연하게 받아들이기도 하지. 그걸 당연시하면 안 된다는 사실을 알면서도 말이야. 밀고 당김의 긴장은 팽팽하게 당긴 고무줄과 비슷해. 그리고 우리 대부분은 그 중간에서 살지."

"무슨 레슬링 경기 같네요."

"레슬링 경기라……. 그래, 인생을 그런 식으로 묘사해도 좋겠지."

교수님은 웃음을 터뜨린다.

"어느 쪽이 이기나요?"

난 어린 학생처럼 묻는다. 그는 그 주름진 눈과 약간 틀어진 이를 드러내고서 내게 미소 짓는다.

"사랑이 이기지. 언제나 사랑이 이긴다네."

신문사 파업과 새로운 시작

몇 주일 후 나는 런던으로 날아갔다. 세계적인 테니스 대회인 윔블던 경기를 취재하기 위해서였다. 취재하는 여러 스포츠 행사 가운데 관중이 야유를 보내지 않고 또 주차장에 취객이 없는 것은 이 윔블던 이외에는 거의 없다시피 하다.

영국은 따뜻하고 구름이 잔뜩 끼어 있었다. 매일 아침 나는 가로수가 늘어선 거리를 지나 테니스 경기장으로 갔다. 남는 좌석표를 사려고 줄지어 선 십 대들과 딸기와 생크림을 파는 노점상들이 많이 몰려 있었다. 경기장 정문 밖에는 신문 가판대가 있었는데 대여섯 종의 타블로이드판 영국 신문들을 팔고 있었다. 이 신문에는 가슴을 내놓은 여자들의 사진이 실리는가 하면, 파파라치가 찍은 영국 왕실 가족의 사진도 있었다. 또 운세와 스포츠 기사, 복권 당첨 번호들과 함께 진짜 뉴스도 아주 조금 실려 있었다. 신문 더미에 기대 놓은 작은 칠판에는 그날의 신문 머리기사가 적혀 있었다. "다이애나, 찰스와 냉전 중!", "가자(영국 프로 축구팀의 유명 선수의 별명—옮긴이), 팀에 수백만 파운드 요구!" 따위였다.

사람들은 이런 타블로이드판 신문을 몇 개 산 후 가십거리들을 탐독했다. 전에 영국에 왔을 때 나도 늘 그랬다. 하지만 이번엔 어째서인지 말도 안 되거나 쓸데없는 기사들을 읽을 때마다 나도 모르게 모리 교수님 생각이 났다. 단풍나무가 줄지어 서 있고 참나무 마루가 깔린 집에 앉아 숨쉬기를 하면서 수를 헤아리고 매 순간 사랑하는 사람들과 함께하는 그가 떠올랐다. 반면에 나는 무의미한 것들에 많은 시간을 허비했다. 영화배우나 슈퍼 모델, 다이애나 비, 마돈나, 존 F. 케네디 주니어에 관한 루머들에 매달려 지냈다.

교수님에게 남은 시간이 점점 줄어든다는 것이 슬프면서도 그가 보내는 질 높은 시간들이 묘하게 부러웠다. 우리는 왜 이렇게 의미 없는 짓들을 할까? 미국에서는 사람들이 O. J. 심슨의 재판을 지켜보느라 점심시간 전부를 다 써 버렸고, 그것으로도 모자라 보지 못한 부분을 집에서 마저 보려고 녹화해 두곤 했다. 그들은 O. J. 심슨과 아는 사이가 아니었다. 이번 사건에 연루된 사람들 중에 아는 사람이 있는 것도 아니었다.

그런데도 다들 몇 날 며칠 몇 주일을 자신과 전혀 상관없는 사람의 드라마에 빠져 살았다.

지난번 찾아갔을 때 모리 교수님이 한 말이 생각났다.

"우리 문화는 우리 인간들에게 행복감을 느끼지 못하도록 하네. 그러니 스스로 제대로 된 문화라는 생각이 들지 않으면 그것을 군이 따르려고 애쓰지 말게."

그는 자신이 말한 대로 자신만의 문화를 창조했다. 병이 나기 훨씬 오래 전부터 말이다. 즉, 그는 여러 개의 토론 그룹을 운영했고 친구들과 산책을 했으며 하버드 스퀘어 교회에서 음악에 맞춰 춤을 추었다. 또 그는 가난한 사람들도 정신과 치료를 받을 수 있도록 '그린 하우스'라는 프로젝트도 시작했다. 그리고 강의를 위해서 새로운 아이디어를 찾으려고 책을 읽었고 동료들을 방문했으며 졸업생들과 계속해서 연락을 취했고 멀리 떨어져 있는 친구들에게는 편지를 썼다. 그는 맛있는 것을 먹고 자연을 감상하는 데 많은 시간을 할애했다. 대신에 텔레비전 시트콤이나 '주말의 명화' 따위를 보느라 시간을 낭비하지 않았다. 그는 사람들의 삶 속에서 대화와 교류, 애정과 같은 실을 잣는 사람이었다. 그런 활동들이 그의 삶에는 철철 넘쳐흘렀다.

나 역시 일이라는 나 나름의 문화를 꾸려 왔다. 영국에 갔을 때는 너덧 군데의 언론사 일을 하느라 던져진 공을 받는 어릿광대처럼 이리저리 정신없이 쏘다녔다. 하루에 여덟 시간씩 컴퓨터 앞에서 보내며 미국에 기사를 보냈다. 그런 다음에는 텔레비전 방송 일을 하느라 촬영 팀과 함께 런던 지역을 돌아다녔다. 또 매일 라디오 프로그램의 전화 리포터로 일했다. 이런 일들이 내게는 지극히 일상적인 일정이었다. 오랜 세월 나는 일을 친구 삼아 그 이외의 것은 모두 한쪽으로 밀어두고 살았다.

윔블던에 있을 때 나는 나무로 된 좁디좁은 도서관 개인 열람 부스에서 일하기도 하고 식사를 하기도 했다. 나는 그런 것에 대해서 아무런 불만도 없었다. 그런데 유난히 정신없던 어느 날, 기자들이 떼를 지어 안드레 애거시와 그의 유명한 여자 친구 브룩 쉴즈를 쫓아다니는 통에 나는 그만 어떤 영국 사진 기자에게 떠밀려 넘어지고 말았다. 커다란 렌즈를 끼운 카메라를 목에 건 그는 "미안합니다."란 말도 없이 저쪽으로 달려가 버렸다. 그때 갑자기 모리 교수님이 내게 해 주었던 말이 생각났다.

"의미 없는 생활을 하느라 바삐 뛰어다니는 사람들이 너무 많아. 자기들이 중요하다고 생각하는 일을 하느라 분주할 때조차도 그 절반은 자고 있는 것과 같지. 엉뚱한 것을 쫓고 있기 때문이야. 인생을 의미 있게 보내려면 자신을 사랑해 주는 사람들을 위해서 살아야 하네. 자기가 속한 공동체에 봉사하고 자신에게 생의 의미와 목적을 주는 일을 창조하는 것에 헌신해야 하네."

그 순간 나는 그의 말이 옳다는 것을 깨달았다. 다만 그동안 알면서도 그렇게 하지 못했을 뿐이었다.

윔블던 경기가 끝났다. 그 기간을 버텨 내느라 마신 커피가 얼마나 되는지 헤아릴 수 없을 정도였다. 나는 컴퓨터를 끄고 내가 작업하던 그 좁은 부스를 정리했다. 그러고는 짐을 싸러 아파트로 갔다. 매우 늦은 시각이었다. '지지직 지지직' 하는 소리와 함께 텔레비전 화면에는 뿌연 색깔만 나타났다.

나는 바로 디트로이트로 날아갔다. 지친 몸을 끌고 오후 늦게 집에 도착하여 바로 잤다. 일어나 보니 깜짝 놀랄 만한 소식이 기다리고 있었다. 내가 일하는 신문사의 노동조합이 파업을 벌이고 있다는 소식이었다. 신문사는 폐쇄되었다. 회사 정문에는 피켓을 든 데모 집단이 진을 쳤다. 이들은 구호를 외치면서 거리에서 시위를 벌였다. 노동조합원인 나로서는 선택의 여지가 없었다. 나는 입사 후 처음으로 일손을 놓게 되었다. 처음으로 급여도 받지 못하게 되었고 또 처음으로 나를 고용한 사람들과 맞서게 되었다.

노동조합 간부들이 나에게 전화해서 전에 일했던 편집자들과 접촉하지 말라고 경고했다. 편집자 가운데 여럿은 나와 절친한 친구 사이였는데 노동조합 측에서는 그들이 사정 얘기를 늘어놓으려고 하면 즉시 전화를 끊어 버리라고 했다. 그러곤 "우린 승리할 때까지 싸울 겁니다!"라고 군인처럼 맹세했다.

혼란스럽고 심란했다. 텔레비전과 라디오에서도 일이 꽤 많긴 했지만 신문사 일은 나에게 생명줄과도 같았다. 그것은 산소 같은 존재였다. 매일 아침 신문에 실린 내 기사를 보면서 난 살아 있음을 확인했다.

그런데 어느 날 갑자기 그러한 일들이 사라져 버렸다. 그리고 하루, 이틀, 사흘…… 파업이 계속되면서 걱정스런 전화들이 걸려 왔고 몇 달이고 이런 상태가 계속되리라는 소문이 떠돌았다. 내가 당연하다고 여겼던 모든 것들이 전부 엉망진창이 되어 버렸다. 파업이 아니었으면 당연히 내가 기사를 썼을 스포츠 행사가 매일 밤 벌어졌다. 하지만 그 시간에 나는 집에서 텔레비전으로 그 경기를 구경만 했다. 독자들에게 내 칼럼이 없으면 안 된다고 생각했는데 나 없이도 세상은 잘도 돌아간다는 사실에 난 그만 경악해 버렸다.

이렇게 일주일이 흐른 뒤, 전화기를 들고 모리 교수님 댁의 전화번호를 눌렀다. 코니가 교수님을 바꿔 주었다.

"날 만나러 올 거지?"

교수님이 물었다. 그것은 질문이 아니라 거의 포고에 가까웠다.

'글쎄, 가서 뵐 수 있을까?'

이런 생각을 하며 내가 머뭇거리고 있는 사이 그가 말했다.

"화요일은 어떤가?"

난 웃으며 답했다.

"화요일이면 좋습니다. 화요일. 그렇게 하죠."

나의 꿈

대학 2학년 때 나는 모리 교수님의 강의 두 과목을 더 듣는다. 우리는 강의 시간뿐만 아니라 좀 더 깊이 있는 이야기를 나누기 위해서 따로 또 만난다. 가까운 친척 이외의 다른 어른들과는 그런 경험이 없었지만 모리 교수님과 함께하면 왠지 마음이 편안해진다. 그리고 교수님도 그런 시간을 편안해하는 것 같다.

"오늘은 어디로 갈까?"

연구실에 들어서면 교수님은 이렇게 묻곤 한다. 봄이면 사회학과 건물 앞에 있는 나무 아래에 자리를 잡고, 겨울이면 교수님의 책상 옆에 앉아서 이야기를 나눈다. 나는 회색 운동복과 아디다스 운동화 차림이고 모리 교수님은 코듀로이 바지와 캐주얼 구두 차림이다.

교수님은 두서없는 내 얘기를 들어 준 다음 삶에 도움이 되는 말을 해 주려고 애를 쓴다. 캠퍼스에 팽배한 견해들과는 달리 그는 돈이 가장 중요한 게 아니라고 충고한다. 또 그는 내가 '인간답기'를 바란다고 말한다.

젊은이들이 느끼는 자기 소외감이나 나를 둘러싼 세상과

의 연계가 가지는 중요성 등에 대해서 강조한다. 이런 얘기 중에는 내가 알아듣는 내용도 있고 알아듣지 못하는 내용도 있다. 하지만 토론을 하면서 교수님과 말할 기회를 얻을 수 있으므로 상관없다. 나는 그와 함께 나의 친아버지와는 나눌 수 없던 대화를 한다. 내가 변호사가 되기를 고대하는 친아버지와는 도저히 나눌 수 없는 이야기를 말이다. 모리 교수님은 변호사를 싫어한다.

"대학을 졸업하면 무슨 일을 하고 싶지?"

"연주가가 되고 싶습니다. 피아노를 치거든요."

"와, 근사한데. 하지만 많이 힘들 거야."

"네……."

"세상에는 늑대 같은 놈들이 득실거려."

'아니, 선생님이 이런 말씀을 하시다니.'

"하지만 진정으로 바란다면 자넨 꿈을 이룰 거야."

교수님을 끌어안으며 그렇게 말해 줘서 고맙다고 말하고 싶지만 난 그렇게 살가운 사람이 아니다. 그저 감사하다는 표시로 목례만 할 뿐이다.

"자네는 정력을 다해서 피아노를 연주할 거야."

그가 말한다.

난 소리 내어 웃는다.

"정력을 다해서요?"

교수님도 소리 내어 웃는다.

"그래, 정력. 왜? 요즘은 그런 말 안 쓰나?"

세상
첫 번째 화요일

　코니가 문을 열어 주며 나를 안으로 안내했다. 교수님은 헐렁한 면 셔츠와 훨씬 더 헐렁한 검정색 운동복 바지를 입고서 휠체어에 앉아 부엌 식탁 옆에 있다. 다리 근육이 수축되어 가장 작은 사이즈를 입어도 바지가 헐렁하다. 양손으로 허벅지를 감싸면 손가락 끝이 딱 만날 정도로 다리가 가늘어졌다. 그가 일어선다면 키가 150센티미터를 넘지 않을 테니 아마도 열세 살 아이 사이즈의 청바지나 입어야 할 것 같다.

　"먹을 걸 가져왔습니다."

　나는 갈색 봉투를 들어 올려 보이며 말했다. 공항에서 오는 길에 근처 슈퍼마켓에 들러서 칠면조 고기와 감자 샐러드, 마카로니 샐러드, 베이글(도넛형의 딱딱한 빵-옮긴이)을 조금 샀다. 교수님 댁에 음식이 많다는 것은 알고 있었지만 뭔가 보태 드리고 싶었다. 달리 모리 교수님을 도울 길이 없었다. 그래서 교수님이 먹는 것을 좋아한다는 사실을 떠올렸다.

"야, 음식이 많군! 좋았어, 나랑 같이 들자고."

그는 노래하듯 말했다. 우리는 식탁 옆의 버드나무 의자에 앉았다. 이번에는 16년 동안 밀린 이야기를 할 필요 없이 곧장 대학 시절과 같은 대화로 들어갔다. 교수님은 질문한 다음에 내 대답을 듣고서 내가 잊었거나 깨닫지 못한 대목에서 주방장처럼 감미료를 뿌렸다. 모리 교수님은 신문사 파업에 대해 물었고 언제나처럼 양쪽이 서로 대화로 문제를 풀어 가지 못하는 현실을 받아들이기 어려워했다. 나는 모든 사람이 교수님처럼 현명한 것은 아니라고 말했다.

이야기 중간 중간 교수님이 화장실에 가야 했으므로 대화는 자연스레 끊길 수밖에 없었다. 시간이 좀 걸렸다. 코니는 휠체어를 화장실로 밀고 가서 교수님을 일으켜 변기에 앉힌 후 소변을 보는 동안 몸을 붙잡아 드렸다. 볼일을 보고 돌아올 때마다 그는 무척 피곤해 보였다.

"내가 테드 코펠에게 누군가가 내 엉덩이를 닦아 줘야 할 때가 올 거라고 말했던 걸 기억하나?"

그가 물었다. 나는 소리 내어 웃었다. 그러곤 대답했다.

"그런 말을 듣고 잊어버릴 사람이 어디 있겠어요?"

"내 생각엔 그날이 다가오고 있는 것 같아. 그게 자꾸 신경 쓰인단 말이야."

"왜요?"

"그건 내가 다른 사람에게 완전히 의존한다는 신호니까. 하지만 난 잘 해낼 거야. 그 과정을 즐기려고 노력할 거야."

"즐겨요?"

"그래, 결국 한 번 더 아기가 되는 게 아닌가?"

"상황을 독특한 시각으로 보시는군요."

"글쎄, 지금은 인생을 독특하게 볼 수밖에 없지. 그런 사실에 당당히 맞서려고 해. 나는 쇼핑을 하러 갈 수도 없고 은행 계좌를 관리할 수도 없고 쓰레기를 버리러 바깥에 나갈 수도 없어. 하지만 여기 앉아서 한가한 나날을 보내며 인생에서 중요하다고 생각되는 것들을 지켜볼 수는 있어. 난 그럴 시간과 이유를 둘 다 가지고 있거든."

"그럼 인생의 의미를 찾으려면 쓰레기 버리러 나가는 걸 그만둬야 하는군요?"

나도 모르게 냉소적으로 대꾸했다. 교수님은 소리 내어 웃었고 난 그의 반응에 안도했다.

코니가 접시를 치우자 내가 오기 전 교수님이 읽고 있던 것처럼 보이는 신문 더미가 눈에 들어왔다.

"계속 뉴스를 볼 마음이 있으세요?"

내가 물었다.

"그게 이상하다고 생각되나? 내가 죽어 가는 사람이라서 세상일에 관심이 없으리라고 생각하는군."

교수님이 말했다.

"어쩌면요……. 그럴 수도 있겠죠."

그는 한숨을 내쉬었다.

"어쩌면 자네 생각이 옳을 거야. 신경 쓰지 말아야겠지. 결국에 나는 모든 것이 어떻게 될지 끝까지 보지 못할 테니까."

"선생님, 죄송해요. 그런 뜻은 아니었어요."

당황한 나는 사과를 했다.

"괜찮네. 하지만 설명하기가 어렵군. 내가 고통을 당하고 보니 고통을 겪고 있는 사람들이 전보다 더욱 가깝게 느껴지네. 지난밤에는 텔레비전에서 보스니아 인들이 거리를 달려가다가 총에 맞아 죽는 걸 봤어. 아무 죄 없는 희생자들이었지. 갑자기 울음이 터져 나오기 시작하더군. 바로 내가 당한 일처럼 그들의 분노가 느껴졌어. 물론 나는 잘 모르는 사람들이지만 말이야. 이런 기분을 어떻게 설명해야 좋을까? 하지만 나는 지금 그런 사람들에게 빠져 있다네."

교수님의 눈가가 촉촉해지자 나는 화제를 바꿔 보려고 했다. 하지만 그는 눈가의 물기를 찍어 내며 손을 내저었다.

"요즘은 늘 이렇게 운다네. 너무 마음 쓰지 말게."

너무나 놀라웠다. 나는 언론계에서 일했기 때문에 사람들이 죽는 현장에 대한 기사를 많이 다뤘다. 슬퍼하는 유가족들을 인터뷰하기도 했다. 심지어 장례식에도 참석했다. 그러면서도 한 번도 울어 본 적은 없었다. 그런데 모리 교수님은 지구 반대쪽에서 고통당하는 사람들 때문에 울고 있었다.

'나도 삶이 끝나 갈 때는 이렇게 될까? 죽음이 커다란 파장을 만들어 마침내 타인끼리 서로를 위해 눈물을 흘리도록 만들 수 있을까?'

무척 궁금해졌다. 모리 교수님은 코를 힘껏 풀었다.

"이래도 괜찮은가? 남자가 이렇게 운다고 해도 전혀 이상하지 않지?"

"그럼요."

당황한 나머지 난 황망히 대답해 버렸다. 교수님은 씩 웃었다.

"미치, 언젠가는 내가 자네 마음을 느슨하게 해 줄 거야. 어느 날, 자네에게 울어도 괜찮다는 것을 가르칠 걸세."

"네, 그렇게 해 주세요."

20년 전에도 모리 교수님이 이 말을 한 적이 있었기 때문에 우리는 소리 내어 웃었다.

화요일이면 늘 그런 말을 했다. 사실 전에도 화요일이면 우리는 늘 함께 시간을 보냈다. 내가 수강하는 모리 교수님의 강의 대부분이 화요일에 있어서 그는 화요일이면 연구실을 지켰다. 그리고 내가 졸업 논문(그 논문은 처음부터 모리 교수님의 강력한 제의로 시작됐다)을 쓸 때는 화요일마다 교수님의 책상 앞이나 카페테리아, 펄먼 홀 계단에 나란히 앉아서 작업을 하곤 했다.

그러니 단풍나무가 있는 교수님 댁에서 우리가 다시 화요일마다 만나는 것은 매우 자연스러울 뿐만 아니라, 어떤 운명처럼 느껴졌다. 만남을 계속할 마음의 준비가 되자 나는 교수님에게 그런 이야기를 꺼냈다. 그러자 그가 말했다.

"그럼, 우린 화요일의 사람들이군."

"화요일의 사람들이죠."

나도 똑같이 말했다. 모리 교수님은 미소를 지었다.

"미치, 어떻게 알지도 못하는 사람들이 마음에 걸리느냐고 물었지? 내가 이 병을 앓으며 배운 가장 큰 것을 말해 줄까?"

"그게 뭐죠?"

"사랑을 나눠 주는 법과 사랑을 받아들이는 법을 배우는 게 인생에서 가장 중요하다는 거야."

그는 소곤거리는 것처럼 나지막한 목소리로 말했다.

"사랑을 받아들이게. 우리 모두는 '나는 사랑받을 만한 자격이 없어.'라고 생각하지. 또 사랑을 받아들이면 너무 약한 사람이 될 거라고 생각해. 하지만 레빈(생활 속의 진리를 전하는 명상 철학자이자 시인으로 『누가 죽는가?』『삶과 죽음으로의 치료』 등을 썼다-옮긴이)이란 현명한 사람이 제대로 지적했네. '사랑이야말로 유일하게 이성적인 행동이다.'라고 말이야."

내가 착한 학생처럼 고개를 끄덕이자 교수님은 힘겹게 숨을 내쉬었다. 나는 몸을 숙여서 그를 껴안았다. 그러고 나서 마치 딴사람이라도 된 듯 그의 뺨에 입을 맞췄다. 내 양팔을 붙잡는 힘없는 손길이 느껴졌다. 그리고 내 얼굴을 부비는 교수님 얼굴의 수염 자국도 느껴졌다.

"미치, 그러니까 다음 화요일에 다시 온단 말이지?"

그가 속삭였다.

침묵과 인간관계

모리 교수님은 강의실에 들어와 앉더니 아무 말도 하지 않는다. 그는 우리를 바라보고 우리도 그를 쳐다본다. 처음에는 여기저기에서 조금씩 키득거리는 소리가 들려왔다. 그러나 교수님은 어깨만 으쓱할 뿐 아무 말도 하지 않았다. 강의실에는 다시 깊은 침묵이 흐르고 아주 작은 소리마저도 감지되기 시작한다. 강의실 구석에 있는 라디에이터 소리나 뚱보 학생의 다소 거친 숨소리 같은 것들이 들린다.

'교수님이 언제 말씀을 하시려나?'

우리 가운데 몇몇은 안절부절못한다. 누구는 어쩔 줄 몰라 하며 계속 시계를 쳐다본다. 또 몇 명은 모른 체하려고 창밖을 내다본다. 이런 상황이 15분 넘게 계속되더니 마침내 모리 교수님의 나지막한 목소리로 인해서 정적이 깨진다.

"지금 이 강의실에서 무슨 일이 일어나고 있습니까?"

교수님이 묻는다. 이윽고 그가 바라던 대로 침묵이 인간관계에 미치는 영향에 대한 토론이 천천히 시작된다.

왜 우리는 침묵에 당황스러워하는 걸까? 소음에서 우리는 어떤 편안함을 느끼는 걸까?

나는 침묵이 불편하지 않다. 때로는 친구들과 시끄럽게 떠들곤 하지만 대부분은 다른 사람들 앞에서 이야기하는 게 불편하다. 특히 학교 친구들 앞에서는 더욱 그렇다. 나는 필요하다면 몇 시간이고 말하지 않고 앉아 있을 수 있다.

　강의실을 나가는데 모리 교수님이 나를 불러 세운다.

　"오늘 별로 말을 하지 않더군."

　"글쎄요, 달리 덧붙일 말이 없었을 뿐인데요……."

　"내 생각에는 하고 싶은 말들이 많을 것 같은데. 솔직히 미치 자넬 보면 젊었을 때 여러 가지 생각들을 혼자서 품고 있길 좋아했던 어떤 사람이 떠오른다네."

　"누군데요?"

　"……나 말일세."

자기 연민
두 번째 화요일

나는 다음 화요일에 다시 그를 찾아갔다. 그리고 이후로도 여러 차례 화요일마다 교수님 댁에 갔다. 나는 매번 다른 사람들이 상상할 수 없을 정도로 큰 기대를 가지고 그를 찾아갔다. 물론, 죽어 가는 사람 곁에 앉아 있으려고 1,100킬로미터 이상을 날아간 것을 보면 벌써 짐작이 될 수도 있겠지만 말이다. 모리 교수님을 만나러 갈 때면 정지된 시간 속으로 들어가는 기분이었고, 그와 있으면 나 자신의 모습이 훨씬 더 마음에 들었다. 이제는 더 이상 공항에서 차를 타며 쓸 휴대전화를 빌리지 않았다.

"나랑 통화하고 싶으면 기다리라지, 뭐!"

나는 모리 교수님의 흉내를 내며 이렇게 중얼거리곤 했다.

디트로이트의 신문사 사정은 조금도 나아지지 않았다. 사실 쟁의는 점점 더 커다란 불길에 휩싸이게 되어 피켓을 든 데모 집단과 대체 근로자들 사이에 극심한 대치 상황이 벌어졌다. 사람들이 체포되거나 얻어맞고 신문 배달 트럭 앞에 사람이 드러눕는 사태까지 벌어졌다.

그러나 모리 교수님을 만날 때면 그의 빛에 의해 모든 것들이 깨끗해지는 느낌을 받았다. 우리는 인생을 이야기했고 사랑을 이야기했다. 그가 가장 좋아하는 주제 가운데 하나인 '동정심'에 대해서도 이야기를 나누었다. 그리고 우리가 사는 세상에는 왜 그렇게 동정심이 부족한지에 대해서도 말했다.

세 번째 방문에 앞서 나는 '빵과 서커스'라는 가게에 들렀다. 전에 교수님 댁에서 그곳의 봉투를 본 적이 있어 그가 여기서 파는 음식을 좋아할 거라고 짐작했기 때문이다. 플라스틱 용기에 야채를 곁들인 버미셀리(스파게티보다 가는 이탈리아 국수-옮긴이), 당근 수프, 바클라바(터키, 그리스 등에서 즐겨 먹는 과자의 한 종류. 얇은 밀가루 반죽 사이에 호두, 밤, 아몬드, 향신료 등을 넣어 구운 후 시럽을 뿌려 먹는다-옮긴이) 같은 신선한 음식들을 잔뜩 샀다. 그러곤 교수님의 서재에 들어서자마자 은행을 털러 온 사람처럼 봉지를 높이 쳐들고 큰 소리로 외쳤다.

"음식 배달 왔습니다!"

교수님이 눈동자를 굴리며 내게 미소를 지어 보였다. 한편

나는 그의 병이 얼마나 진전됐는지 살펴보았다.

그는 연필로 글씨를 쓰거나 안경을 끌어 올릴 만큼은 손가락을 움직일 수 있었지만 가슴 위로는 팔을 들지 못했다. 부엌이나 거실에서 보내는 시간이 점점 줄어든 대신에 서재에서 보내는 시간들은 점점 많아졌다. 교수님은 서재에서 뒤로 등받이가 많이 젖혀지는 큼지막한 의자에 앉아 지냈다. 베개를 등에 받치고서 담요를 덮고 메마른 다리를 고무 받침대 위에 올렸다.

교수님의 곁에는 종이 놓여 있었다. 그가 몸을 다시 움직여야 할 때나 화장실에 가야 할 때는 그것을 울리곤 했다. 그러면 코니나 그 외에 집에서 그를 도와주는 소부대가 서재로 들어왔다. 때로 교수님은 종을 들고서 소리 내는 것조차 어려워서 당황해할 때도 있었다.

나는 교수님에게 자기 연민을 느끼는지 물었다.

"이따금. 아침이 되면 그렇다네. 아침에 눈을 뜨면 아직 움직일 수 있는 내 몸들을 점검하곤 하지. 손가락과 손을 움직여 보고 움직임을 잃어버린 것들에 대해 슬퍼하지. 천천히 내가 죽어 가고 있는 것을 슬퍼한다네. 하지만 그런 다음에는 슬퍼하는 것을 멈추지."

"어떻게요?"

"필요하면 한바탕 시원하게 울기도 해. 하지만 그런 다음에는 내 인생에서 여전히 좋은 것들에만 온 정신을 집중하네. 나를 만나러 와 줄 사람들, 내가 앞으로 들을 이야기에 대해서 말이지. 만약 화요일 아침이라면 미치 자네에 대해서도 생각하네. 왜냐하면 우리는 화요일의 사람들이니까 말이야."

나는 씩 웃었다.

'화요일의 사람들이라……'

"미치, 난 그 이상으로 자기 연민에 빠지진 않는다네. 아침마다 조금씩 그런 기분을 느끼고 눈물을 흘리기도 하지만 그걸로 끝이야."

나는 깨어 있는 시간 내내 자기 연민에 빠져 사는 사람들이 떠올랐다. 내가 아는 대부분의 사람들이 그랬다. 하루 중 자기 연민을 느껴도 될 시간을 따로 정해 둔다면 얼마나 유용할까? 몇 분만 눈물을 흘리고 그날의 나머지는 즐겁게 사는 것이다. 죽음으로 몰아가는 무서운 병을 앓고 있는 모리 교수님도 그렇게 하고 있는데…….

"내 몸이 천천히 시들어 가다가 흙으로 변하는 걸 지켜보는 건 끔찍하기 짝이 없지. 하지만 작별 인사를 할 시간을 갖게 되니 한편으로는 멋진 일이기도 해."

그는 미소 지으며 덧붙였다.

"누구나 그렇게 운이 좋은 것은 아니거든."

나는 의자에 앉은 교수님을 찬찬히 살펴보았다. 설 수도 없고 씻을 수도 없고 심지어 바지를 올릴 수도 없는데, 그런데도 운이 좋다고? 정말로 자기가 운이 좋다고 생각하는 건가?

꽃무늬 교수님이 화장실에 가려고 자리를 비운 동안 의자 곁에 놓여 있는 지방 신문지를 훑어보았다. 목재 생산지인 작은 마을에서 십 대 소녀 두 명이 자기를 도와주던 일흔세 살의 노인을 괴롭히다가 죽인 사건에 대한 기사가 실려 있었다. 소녀들은 노인이 살던 트레일러에서 파티를 열고 친구들에게 노인의 시체를 자랑했다고 했다. 또 동성애자 한 명이 텔레비전 토크 쇼에 나와서 누구에게 홀딱 반했다고 밝혔는데, 상대자가 그를 살해했다는 뉴스도 실려 있었다.

나는 그 신문을 치웠다. 교수님은 휠체어를 타고 언제나처럼 웃으며 들어왔다. 코니가 그를 휠체어에서 의자로 옮기려고 했다.

"제가 해 드릴까요?"

내가 물었다. 잠시 침묵이 흘렀다. 내가 왜 그런 제의를 했는지 모르겠지만 교수님은 코니를 쳐다보며 말했다.

"코니, 이 친구에게 방법을 가르쳐 주겠소?"

"그러죠."

코니가 대답했다. 나는 그녀가 가르쳐 준 대로 허리를 구부리고 양팔을 교수님의 겨드랑이에 낀 다음, 마치 땅에서 커다란 나무를 빼내는 것처럼 그의 몸을 끌어당겼다. 그런 다음 허리를 펴면서 교수님을 천천히 들어 올렸다. 보통 다른 사람을 들 경우에는 들리는 사람이 팔에 힘을 주어 드는 사람의 두 팔을 꽉 붙잡는다. 하지만 교수님은 팔에 힘을 줄 수가 없었다. 그는 생명 없는 무거운 물건 같았고 그의 머리가 어깨에 가볍게 부딪쳐 오자 그의 몸이 커다란 빵 덩어리처럼 처지는 것이 느껴졌다.

"아이고."

그는 나직이 신음 소리를 내뱉었다.

"자, 다 됐어요. 다 됐다고요."

그렇게 그를 껴안는 것은 뭐라 정확히 설명할 순 없지만 마음속에 깊은 감동을 주었다. 줄어드는 몸 안에서 죽음의 씨앗이 느껴졌다고나 해야 할까.

교수님을 의자에 앉히고 머리에 베개를 괴어 드리면서 나는 점점 우리에게 주어진 시간들이 줄어들고 있다는 차가운 현실을 깨달았다.

그러니 뭔가를 해야 했다.

감정 자극

1978년 내가 대학 3학년 때였다. 당시에는 디스코와 영화 〈로키〉 시리즈가 세상을 휩쓸었다.

브랜다이스 대학에서는 특별한 사회학 강의가 벌어지고 있다. 모리 교수님이 소위 '그룹 과정'이라고 부르는 실험 형태의 수업이 바로 그것이다. 매주 우리는 같은 그룹 학생들과 함께 상호 작용을 하는 방식을 공부한다. 가령, 분노와 질투 그리고 관심과 같은 것에 어떻게 반응하는지를 배운다.

우리 스스로가 실험용 쥐들이라고 할 수 있다. 가끔 누군가 눈물을 흘리는 것으로 수업이 끝나기도 한다. 나는 이것을 '감정 자극 강의'라고 부른다. 교수님은 내게 마음을 더 열어야 한다고 지적한다.

이날 모리 교수님은 시도해 볼 실험이 있다고 말한다. 그것은 두 명씩 짝을 지은 후, 한 사람이 뒤로 돌아서서 다른 학생이 잡아 줄 거라 믿고 뒤로 넘어지는 것이다. 우리 대부분은 뒤로 넘어지는 것이 거북하다. 그래서 겨우 몇 인치 뒤로 넘어지다가 멈춰 버린다. 그러곤 당황해서 웃음을 터뜨린다.

마침내 한 학생이 나선다. 날씬하고 말수가 적고 검은 머리칼을 가진 여학생인데 언제나 큼직한 흰색 스웨터를 입고 다닌다. 그녀는 양팔을 X자로 하여 가슴에 모으고 눈을 감는다. 그리고 립턴이라는 홍차 광고에서 모델이 뒤로 돌아서서 물속으로 빠지는 것처럼 조금도 움찔하지 않고 자연스럽게 넘어진다.

그 순간 나는 그녀가 바닥에 쾅 하고 자빠질 거라고 생각한다. 그러나 바닥에 부딪치려는 순간, 짝이 그녀의 머리와 어깨를 위로 확 잡아 일으킨다.

"와!"

몇 명의 학생이 탄성을 지른다. 또 누군가는 손뼉을 치기도 한다. 마침내 교수님은 미소를 지으며 말한다.

"여러분이 본 것처럼 이 학생은 눈을 감았어요. 그것이 여러분과 다른 점이에요. 눈에 보이는 것을 믿을 수 없을 때에는 느껴지는 것을 믿어야 합니다. 그리고 다른 사람들이 여러분을 믿게 만들려면 여러분 역시 그들을 믿고 있음을 느껴야 합니다. 여러분이 어둠 속에 있을 때에나 뒤로 넘어지고 있을 때조차도 말입니다."

후회
세 번째 화요일

그 다음 주 화요일, 또 음식이 잔뜩 들어 있는 봉투를 들고서 교수님 댁에 들어섰다. 이번에는 옥수수를 넣은 파스타와 감자 샐러드, 애플파이 등이 들어 있었다. 그리고 다른 물건을 하나 더 가지고 갔다. 바로 소니 녹음기였다.

"선생님, 우리가 나누는 이야기들을 영원히 잊어버리고 싶지 않아요."

조심스럽게 모리 교수님께 말을 꺼냈다.

"나중에도 들을 수 있게 선생님의 목소리를 녹음해 두고 싶어서……."

"내가 죽으면 말이지."

"그런 말씀은 하지 마세요."

교수님은 소리 내어 웃은 후에 말했다.

"미치, 나는 죽을 거야. 그것도 오래 지나지 않아서 말이야."

그는 새로 가져온 기계를 찬찬히 살폈다. 그러곤 "아주 크구먼." 하고 말했다.

기자 생활을 하다 보면 가끔 내가 침입자가 된 듯한 기분을 느낄 때가 있는데 이때가 꼭 그랬다. 친구끼리 하는 이야기를 녹음하는 게 왠지 둘 사이에 인위적인 귀를 하나 더 두는 것 같다는 생각이 들었다. 그렇지 않아도 교수님에게 시간을 내 달라고 요구하는 사람들이 많은데 이렇게 화요일마다 찾아와서 너무 많은 것을 얻어 가는 것 같았다.

나는 녹음기를 봉투에 다시 집어넣으며 말했다.

"교수님, 이걸 사용하면 안 될 것 같아요. 녹음기 때문에 선생님의 마음이 불편하시면……."

모리 교수님은 손을 흔들어 내 말을 막았다. 그리고 콧잔등에 걸쳐진 안경을 벗었다. 안경은 목에 걸린 줄에 매달려 그의 가슴 위에 있었다. 그는 나를 똑바로 쳐다보며 말했다.

"그걸 내려놓게."

나는 녹음기를 내려놓았다.

"미치, 자넨 이해하지 못하는군. 난 자네에게 내 인생을 이야기하고 싶어. 내가 더 이상 말을 못하게 되기 전에 자네에게 전부 얘기하고 싶다네."

교수님은 부드럽게 말했다. 곧 그의 목소리는 속삭임으로 변했다.

"누군가 내 이야기를 들어 주면 좋겠어. 들어 주겠나?"

나는 고개를 끄덕였다. 우리는 한참 동안 말없이 앉아 있었다. 교수님이 물었다.

"이제 그 기계를 작동시켰나?"

사실 녹음기는 추억 이상이 담긴 물건이었다. 나는 모리 교수님을 잃고 있었다. 또한 우리 모두 모리를 잃어 가고 있었다. 그의 가족들, 친구들, 졸업생들, 동료 교수들, 교수님이 그토록 좋아했던 정치 토론 그룹 사람들, 전에 함께 춤췄던 파트너들까지도. 사진이나 비디오테이프처럼 이 녹음테이프가 죽음이라는 가방에서 뭔가 훔쳐 낼 수 있는 필사적인 시도가 되어 줄 것 같았다.

하지만 나는 교수님의 용기와 유머 감각, 인내와 열린 태도를 통해 점점 명확히 알게 되었다. 그는 내가 아는 다른 사람들과는 아주 다른 곳에서 인생을 바라보고 있다는 것을 말이다. 더 건강한 곳, 더 지혜가 넘쳐 나는 그곳에서 말이다. 그리고 우리 교수님은 곧 죽을 것이다.

모리 교수님은 신비롭게도 죽음에 당면해서 생각이 투명해지는 것을 사람들과 나누고 싶어 했다. 나는 그런 교수님의 마음을 알았다. 그리고 되도록이면 오래오래 그것을 기억하고 싶었다.

처음 '나이트라인'을 통해서 모리 교수님이 죽음에 가까이 있다는 것을 알게 되고서 내가 가장 궁금했던 것이 있다. 그것은 그가 살아오면서 가장 후회되는 일이 무엇인지에 관한 것이었다. '잃어버린 친구들이 애석할까? 지금과는 완전히 다른 삶을 살고 싶었을까? 내가 교수님의 입장이라면 그 잃어버린 모든 것을 슬퍼하면서 시간을 보냈을까? 감추어 온 비밀들이 후회스러울까?' 이런 궁금증이 일었다.

어느 날 이 이야기를 털어놓자 그는 고개를 끄덕였다.

"누구나 다 걱정거리는 있게 마련이잖나? 오늘이 지상에서의 마지막 날이 되면 어쩌나 하고 모두들 걱정하지."

교수님은 그런 말을 하면서 내 표정을 살폈다. 아마도 그는 내 안에서 모순되는 감정들이 교차하고 있다는 것을 눈치 챘을 것이다. 그때 나는 어느 날 내가 책상에서 기사를 반쯤 쓰다가 쓰러지는 것을 상상했다. 그러면서 의료진이 나를 들것에 실어 가는 그 순간에도 편집자들이 그 기사를 낚아채 가는 장면을 머릿속에 그리고 있었다.

"미치?"

모리 교수님이 불렀다. 나는 고개를 흔들면서 아무 말도 하

119

지 않았다. 하지만 그는 내가 머뭇거리는 것을 알았다.

"미치, 우리의 문화는 죽음이 임박할 때까지는 그런 것들을 생각하도록 놔두질 않는다네. 우리는 이기적인 것들에 둘러싸여서 살고 있어. 경력, 가족, 또 주택 융자금을 갚아 낼 돈은 충분한가, 새 차를 살 여유가 있는가, 고장 난 난방 장치를 수리할 돈이 있는가 등등……. 우린 그냥 생활을 지속시키기 위해 수만 가지 사소한 일들에 휩싸여 살아. 그래서 한발 뒤로 물러서서 우리의 삶을 관조하며 '이게 다인가? 이게 진정으로 내가 원하는 건가? 뭔가 빠진 건 없나?' 하고 돌아보는 습관을 갖지 못하지."

교수님은 잠시 말을 멈추었다.

"누군가 그런 방향으로 이끌어 줄 사람이 필요해. 혼자선 그런 생각을 하며 살기 힘든 법이거든."

나는 교수님이 무슨 말을 하는지 알 수 있었다. 우리 모두 평생의 스승이 필요하다는 것을. 그리고 나의 스승은 바로 눈앞에 앉아 있었다.

좋다. 학생이 되어야 한다면 최대한 노력해서 좋은 학생이 되어야겠다고 다짐했다.

그날 비행기를 타고 집으로 돌아가면서 노란 편지지에 우리 모두 해결하려고 노력하는 이슈들과 의문 사항들을 적어 내려갔다. 행복, 나이 먹는 것, 자식을 갖는 것, 죽음에 이르기까지 말이다. 물론 이런 주제들을 다룬 책은 얼마든지 있었다. 또 텔레비전 토크 쇼에서도 그런 주제들을 다루었고 시간당 90달러만 내면 전문가와 면담을 할 수도 있었다. 미국은 그야말로 혼자서도 살 수 있는 방법을 파는 시장이 되어 가고 있었다.

하지만 여전히 분명한 해답은 없었다. 사람들은 타인을 배려하는가, 아니면 자기 안에 있는 '이기적인 아이'만 돌보고 있는가? 전통적인 가치로 돌아갈 것인가, 아니면 전통을 쓸모없는 것이라고 거부할 것인가? 성공을 추구할 것인가, 아니면 소박한 삶을 추구할 것인가? "안 된다."라고 말할 것인가, 아니면 "한번 해 보라."라고 할 것인가?

내 노은사 모리 교수님의 수업은 자립 방법을 알려 주는 비즈니스와는 관련이 없었다. 그는 죽음이라는 열차의 기적 소리를 들으면서 철로에 서 있었으며 인생에서 무엇이 중요한지 분명히 알고 있었다. 나는 그런 분명함을 원했다. 내가 아는 한, 혼란과 고통에서 헤매는 영혼은 누구나 그런 분명함을 원했다.

"나한테 뭐든 물어보게나."

모리 교수님은 늘 그렇게 말했다. 그래서 나는 이 리스트를 만들었다.

- 죽음
- 두려움
- 나이가 든다는 것
- 탐욕
- 결혼
- 가족
- 사회
- 용서
- 의미 있는 삶

8월 말의 화요일, 네 번째로 웨스트 뉴턴에 가면서 가방에 이 리스트를 넣어 가지고 갔다. 당시 로건 공항 터미널에는 냉방 장치가 작동되지 않아서 사람들은 손으로 부채질을 하며 이마에 흐르는 땀을 신경질적으로 닦아 내고 있었다. 모두들 누구라도 당장 죽일 듯한 표정을 짓고 있었다.

첫 번째 논문 쓰기

4학년이 시작될 무렵이었다. 지금까지 무척 많은 사회학 강좌를 수강했기 때문에 곧 졸업 학점을 채울 수 있다. 모리 교수님은 나에게 우수 논문에 도전해 보라고 권한다.

"제가요? 음, 뭐에 대해서 쓸까요?"

"자네는 뭐에 관심이 있는데?"

교수님이 묻는다. 우리는 논문 주제를 놓고 씨름하다가 마침내 '스포츠'를 주제로 결정한다. 나는 미국에서 풋볼이 어떻게 대중에게 종교와 마약과 같이 큰 영향을 미치는 스포츠로 자리 잡게 됐는지에 관해서 1년이라는 장기간의 논문 프로젝트를 시작한다. 이것이 내 경력에 무슨 도움이 될지는 모른다. 그저 이 논문 때문에 모리 교수님과 일주일에 한 번 더 만나는 기회를 얻는다는 사실만 알고 있을 뿐이다.

교수님의 도움을 받으며 봄 무렵에 드디어 112페이지짜리 논문을 완성한다. 연구 내용과 각주, 각종 자료들이 잘 정리된 논문이 검은 가죽으로 장정되어 나온다. 나는 처음으로 홈런을 친 어린이 야구단 선수처럼 자랑스럽게 모리 교수님께 논문을 보인다.

"미치, 축하하네."

교수님은 말한다. 그가 논문을 넘기며 읽기 시작하자 나는 멋쩍은 듯 웃으면서 연구실을 둘러본다. 책이 가득한 선반, 참나무 마룻바닥, 융단, 긴 의자……, 이 방에서 내가 앉아 보지 않은 곳은 없을 거라고 속으로 생각한다.

"미치, 자네에게 이런 실력이 있었다니. 대학원에 눌러앉혀야 할 것 같기도 하네."

그는 안경을 고쳐 써 가며 논문을 읽으면서 말한다.

"그럼 그럴까요?"

나는 깔깔거리며 웃었지만 순간적으로 대학원에도 마음이 쏠린다. 한편으로는 학교를 떠나는 것이 두렵기도 하고 또 마음 한쪽에서는 학교를 떠나고 싶은 마음이 간절하기도 하다. 또다시 밀고 당김의 긴장이다.

나는 논문을 읽는 교수님을 바라보다가 저 밖에는 얼마나 큰 세상이 있을까 궁금해진다.

코펠의 두 번째 인터뷰

'나이트라인'에서는 모리 교수님의 인터뷰 방송 이후의 이 야기를 준비하기로 했다. 프로그램에 대한 반응이 워낙에 뜨 거웠기 때문이다.

이번에는 카메라맨과 프로듀서들이 곧장 교수님 댁으로 들어왔다. 그들은 가족 같은 기분을 느꼈다. 진행자 코펠도 전과는 달리 따뜻한 태도를 보였다. 처음처럼 서로의 감정을 탐색하는 과정 따위는 필요 없었고 사전 인터뷰도 없었다.

우선 분위기를 가볍게 하기 위해 코펠과 모리 교수님은 각자의 어린 시절 이야기를 주고받았다. 코펠은 영국에서 성장한 이야기를 했고 모리 교수님은 브롱크스에서의 유년기를 털어놓았다. 교수님은 파란색 긴팔 셔츠를 입고 있었고(바깥 기온이 32도인데도 그는 늘 한기가 든다고 했다), 그렇게도 깐깐하기로 유명한 코펠은 재킷을 벗고 셔츠와 타이 차림으로 인터뷰를 했다. 모리 교수님은 한 번에 한 겹씩 껍질을 벗겨 내는 것처럼 상대인 코펠을 압도해 나갔다.

"건강해 보이시는군요."

카메라가 돌아가기 시작하자 코펠이 인사했다.

"모두들 그렇게 말합니다."

모리 교수님이 말했다.

"목소리도 정정하시고요."

"모두들 그렇게 말하더군요."

"그런데도 자신의 건강이 나빠지고 있다는 걸 어떻게 아시는 건가요?"

모리 교수님은 한숨을 깊게 내쉬었다.

"그건 다른 사람은 아무도 알 수 없어요, 테드. 하지만 나는 느낍니다."

첫 인터뷰 때처럼 손을 자유롭게 움직이지 못하는 모습을 통해서 그의 이 말이 진실임을 알 수 있었다. 그는 'ㄹ' 발음을 할 때마다 목에 뭔가 걸리는 듯 몹시 불편해했다. 몇 달만 지나면 그는 말을 전혀 못하게 될지도 모를 일이었다.

"내 기분은 이런 식으로 변화합니다. 아는 사람들이나 친구가 나를 찾아와 줄 때면 기분이 매우 좋아집니다. 사랑하는 관계가 나를 지탱해 주기 때문이죠."

모리 교수님의 말에 동의하는 듯 코펠은 고개를 끄덕였다.

"하지만 사실 낙심하는 날도 있습니다. 병이 진행되고 있다는 걸 느끼면 더럭 겁이 납니다. 손을 쓰지 못하게 되면 어떻게 하지? 말을 할 수 없으면? 오히려 음식을 삼키지 못하게되는 것은 그리 많이 걱정되지 않아요. 튜브를 통해서 영양분을 섭취하면 되니까요. 하지만 내 목소리는요? 내 손은요? 그것들은 나를 이루는 중요한 부분들입니다. 목소리로 나는 말을 합니다. 손으로는 제스처를 취해야 하고요. 사람들과 손이나 말로 마음을 나눠야 하는데······."

"더 이상 말을 하지 못하게 된다면 다른 사람들과 어떻게 마음을 나누시겠습니까?"

코펠이 물었다. 모리 교수님은 어깨를 으쓱했다.

"아마도 사람들에게 '예'나 '아니요'로 답할 수 있게 물어봐 달라고 부탁하겠지요."

너무나도 간단한 답변이었기 때문에 코펠은 미소를 지었다. 그는 모리 교수님에게 침묵에 대해서도 묻기로 했다. 코펠은 모리 교수님의 절친한 친구이자 그의 아포리즘을 「보스턴 글로브」지에 보냈던 모리 스타인 교수에 대해 언급했다. 그들은 1960년대부터 쭉 브랜다이스 대학에서 함께 일했다. 그런데 모리 스타인 교수는 지금 귀가 들리지 않는다. 코펠은 어느 날 두 사람이 짝이 되는 것을 상상해 봤다. 한 사람은 말할 수 없고 또 한 사람은 들을 수 없는 걸 말이다.

"그렇게 되면 어떻게 해야 할까요?"

"우리는 손을 잡을 겁니다. 그리고 우리 사이에는 커다란 사랑이 흐를 겁니다. 테드, 우린 35년간 우정을 쌓았어요. 그런 친구끼리는 말하지 않고 듣지 않아도 감정이 통해요."

프로그램이 끝나기 전, 교수님은 최근에 받은 편지 한 통을 코펠에게 읽어 주었다. 전에 '나이트라인'이 방송된 후에 그에게는 엄청난 양의 편지가 밀려들었다. 그중 펜실베이니아의 한 학교에서 아홉 명의 어린이를 가르치는 특수 학급 교사가 아주 특별한 내용의 편지를 보내왔다. 그 학급 학생들은 모두 한쪽 부모를 잃은 아이들이었다.

"나는 그 교사에게 이런 답장을 해 주었습니다."

모리 교수님은 코와 귀에 천천히 안경을 걸치면서 말했다.

"귀하의 편지에 깊은 감동을 받았습니다. 한쪽 부모를 잃은 아이들과 함께해 온 당신의 일들이 매우 소중하게 느껴집니다. 나 또한 어린 나이에 한쪽 부모를 잃었지요."

카메라가 계속 돌아가고 있는데 갑자기 교수님은 안경을 고쳐 썼다. 그는 말을 멈추고 입술을 깨물었다. 그는 목이 메기 시작했고 이내 눈물을 흘렸다.

"어릴 때 나는 어머니를 잃었는데 이는 내게 큰 충격이었습니다. 그때 당신이 가르치는 학급과 같은 곳이 있어서 나도 슬픔을 털어놓을 수 있었다면 얼마나 좋았을까요? 나 역시 그 학급에 들어가고 싶었을 거예요. 왜냐하면……."

그의 목소리가 울음 때문에 갈라졌다.

"왜냐하면 난 너무도 외로웠으니까요."

당황한 코펠이 물었다.

"모리, 당신의 어머니는 돌아가신 지 70년이나 지났잖습니까? 그런데 아직도 그렇게나 고통스럽습니까?"

"그럼요."

우리 선생님은 그렇게 속삭였다.

모리의 어린 시절

모리 교수님이 여덟 살 때였다. 병원에서 전보가 왔다. 러시아 이민자였던 그의 아버지는 영어를 읽지 못했기 때문에 큰아들인 모리 교수님이 그 전보를 읽어야 했다. 그는 어머니의 죽음을 알리는 비보를 학교 친구들 앞에서 책을 읽듯 소리내어 읽어 내려갔다.

"이런 소식을 알리게 되어 유감스럽습니다만……."

장례식 날 아침, 교수님의 친척들은 맨해튼 로어 이스트 사이드에 있는 그의 셋집 계단을 내려왔다. 남자들은 검정색 양복을 입었고 여자들은 베일을 썼다. 때마침 이웃집 아이들이 학교에 가고 있는 중이었다. 친구들이 지나갈 때 그는 이런 모습을 보이는 것이 부끄러워서 고개를 숙였다. 이때 뚱뚱한 숙

모가 모리 교수님을 부여잡고 울부짖기 시작했다.

"모리, 이제 엄마도 없이 어떻게 살아야 하니? 이제 어쩌면 좋을까?"

교수님은 그 순간 와락 울음을 터뜨렸다. 그러자 그의 학교 친구들이 모두 달아나 버렸다.

그는 묘지에서 어머니의 무덤에 흙이 뿌려지는 광경을 지켜보았다. 어머니가 살아 있을 때 함께했던 좋은 순간들을 기억해 보려고 애를 썼다. 어머니는 병이 나기 전까지 사탕 가게를 운영했고 병이 난 이후에는 대부분의 시간 동안 잠을 자거나 창가에 앉아서 보냈다. 그녀는 항상 약해 보였다. 이따금 아들에게 약을 갖다 달라고 소리치곤 했는데, 바깥에서 스틱볼(미국 어린이들이 길에서 막대기와 야구공으로 하는 놀이-옮긴이)을 하던 어린 모리 교수님은 그것을 못 들은 체했다. 그는 어렸기 때문에 어머니의 병을 모른 체하면 그 병을 물러가게 할 수 있을 거라고 믿었다. 이런 방법이 아니면 어린아이가 어떻게 어머니의 죽음과 맞설 수 있었겠는가.

그의 아버지는 러시아 군대를 피해서 미국으로 건너왔다. 그는 모피 공장에서 일했으나 자주 직장을 그만두곤 했다. 교육도 제대로 받지 못했고 영어도 잘하지 못했던 그는 몹시 가난했다. 가족들은 나라에서 제공하는 복지 정책에만 의존하면서 살아야 했다. 그들이 사는 아파트는 어두컴컴하고 무척 비좁았다. 사탕 가게 뒤에 있던 그 아파트는 참으로 우울한 느낌이 드는 곳이었다. 집에 값나가는 물건이라고는 단 한 개도 없었다. 당연히 자동차 따위는 꿈도 꾸지 못했다. 가끔 모리 교수님과 그의 동생 데이비드는 돈을 벌기 위해서 5센트짜리 동전 한 닢을 받고 남의 집 현관 계단을 청소해 주곤 했다.

어머니가 세상을 뜨고 나서 두 형제는 코네티컷 숲에 있는 작은 여관으로 보내졌다. 커다란 통나무집에 몇 세대의 가족이 함께 살면서 부엌을 공동으로 사용해야 했다. 친척들은 신선한 공기가 이들 형제에게 좋은 영향을 줄 거라고 생각했다. 교수님과 데이비드는 처음으로 그렇게 푸르른 곳을 접했다. 그들은 들녘을 누비면서 뛰어놀았다.

어느 날 밤, 저녁 식사를 하고서 그 둘은 산책을 나갔다. 그런데 갑자기 비가 내리기 시작했다. 형제는 집에 들어가지 않고서 몇 시간이나 빗속을 쏘다녔다. 다음 날 아침, 눈을 뜬 모리 교수님은 침대에서 뛰어나와 동생을 깨웠다.

"데이비드, 어서 일어나."

"형, 나 못 일어나겠어."

데이비드는 겁에 질린 얼굴로 말했다.

"무슨 소리야?"

"움직일 수가 없어."

데이비드는 소아마비에 걸렸다. 그 후 그는 특수 병원을 들

락거렸으며 다리에는 부목을 대어 결국 다리를 절게 되었다.

물론 데이비드가 이렇게 된 것은 비 때문이 아니었다. 하지만 당시의 모리 교수님처럼 어린 나이에는 그걸 이해하기 어려웠다. 그는 오랫동안 동생의 모든 불행을 자신의 책임이라고 여겼다. 그래서 매일 아침 모리 교수님은 유대교 예배당에 가서(그의 아버지는 신앙심이 깊지 않은 사람이었기 때문에 그는 혼자서 갔다) 검정색 코트 차림의 사람들 사이에 앉아 하느님께 죽은 어머니와 아픈 동생을 지켜 달라고 간절히 기도했다.

모리 교수님은 오후에는 지하철역에 서서 잡지를 팔았고 얼마를 벌든 가족들이 먹을 음식을 사는 데 모두 보탰다. 그는 아버지가 늘 말없이 식사하는 것을 지켜보면서 애정과 대화, 따뜻함 같은 것을 보여 주기를 바랐다. 그러나 그 바람은 한 번도 이루어진 적이 없었다. 아홉 살이라는 어린 나이에 모리 교수님은 어깨에 무거운 산을 지고 있는 것 같은 느낌을 맛봐야 했다.

하지만 그 다음 해에 모리 교수님의 인생에 구원의 손길이 다가왔다. '에바'라는 이름을 가진 새어머니가 생긴 것이다. 그녀는 키가 작은 루마니아 이민자로 갈색의 곱슬머리와 소박한 외모를 지니고 있었다. 그러나 작은 몸집에 비해 그녀는 두 사람 정도가 가질 만큼의 에너지를 지닌 사람이었다.

에바는 아버지가 만들어 내는 우중충한 분위기를 확 바꿔서 온 집안을 환하게 만들었다. 남편이 침묵할 때도 그녀는 말을 했고 밤이 되면 아이들에게 노래를 불러 주었다. 모리 교수님은 에바의 따뜻한 목소리와 그녀가 알려 주는 것들, 그녀에게서 풍기는 강인한 성격에서 위안을 느꼈다.

동생이 특수 병원에서 퇴원하여 다리에 부목을 댄 채 집으로 돌아오자 형제는 부엌에 바퀴 달린 침대를 놓고 함께 잤다. 새어머니는 그들에게 잘 자라고 입맞춤을 해 주곤 했다. 모리 교수님은 강아지가 식사를 기다리듯이 그 입맞춤을 기다렸고 마음속 깊이 어머니를 다시 얻은 기분을 느꼈다.

하지만 가난은 피할 수가 없었다. 이제 그들은 브롱크스 트레몬트가의 붉은 벽돌로 된 방 하나짜리 아파트에서 살았다. 바로 옆에는 이탈리아식 술집이 있어서 무더운 날의 저녁 시간이면 노인들이 보치(무거운 나무 공을 잔디밭에 굴려서 표적 공에 접근시키는 이탈리아식 볼링 – 옮긴이)를 하곤 했다. 모피 공장에서 일을 하던 모리 교수님의 아버지는 예전보다 더욱 일이 줄었다. 가족이 저녁 식탁에 둘러앉았을 때 새어머니가 내놓은 음식이 빵뿐인 경우도 종종 있었다. 그럴 때면 데이비드가 물었다.

"빵 말고는 음식이 더 없나요?"

"얘야, 다른 음식은 없단다."

새어머니 에바는 이렇게 대답하곤 했다. 그녀는 모리 교수님과 데이비드에게 이불을 덮어 주고는 유대 어로 노래를 불러 주곤 했다. 노래조차도 슬프고 궁핍했다. 그중 담배 파는 소녀에 대한 노래가 가장 기억에 남았다.

이 담배 좀 사 주세요.
비에 젖지 않은 마른 담배예요.
저를 불쌍히 여겨 주세요.
가엾게 봐 주세요.

그런 환경 속에서도 모리 교수님은 사랑하는 법과 돌보는 법을 배웠다. 그리고 공부를 해야 한다는 사실도 깨달았다.

새어머니는 가난을 벗어날 길은 오직 교육밖에 없다고 생각했기 때문에 아이들에게 공부를 잘해야 한다고 가르쳤다. 그녀 자신도 영어 실력을 높이려고 야간 학교에 다녔다. 모리 교수님이 가진 교육에 대한 철학은 이런 새어머니 에바의 품에서 부화된 것이었다.

그는 밤이면 부엌 식탁에서 램프를 켜 놓고 공부했다. 그리고 아침에는 유대교 예배당에 가서 죽은 어머니를 위해 기도를 올렸다. 어머니와의 추억이 언제까지나 마음속에 남게 하기 위해서였다.

그러나 놀랍게도 그의 아버지는 죽은 어머니에 대한 이야기를 하지 말라고 했다. 아버지는 작은 아들 데이비드가 에바를 친어머니로 생각하길 원했다. 하지만 그것이 어린 모리 교수님에게는 끔찍한 마음의 짐이 되었다. 오랜 시간 동안 모리 교수님이 보관한 어머니의 유품은 그녀의 죽음을 알리는 전보용지 한 장뿐이었다. 그는 전보가 온 날 그것을 아버지 몰래 감추어 두었다. 그리고 그는 그 전보를 평생 간직했다.

모리 교수님이 열 살이 넘어가자 아버지는 자신이 일하는 모피 공장으로 큰아들을 데려갔다. 공황 때문에 부족해진 일자리 속에서 아들에게 직장을 구해 주기 위해서였다.

모리 교수님은 공장에 들어가자마자 사방의 벽이 자신을 조여 오는 느낌을 받았다. 실내는 어둡고 축축했으며 창에는 먼지가 잔뜩 끼어 있었다. 기계가 다닥다닥 붙어서 열차 바퀴 돌듯 어지럽게 돌아갔다. 또한 모피 털이 날려서 공기가 매캐했다. 노동자들은 허리를 굽힌 채 펠트 천에 바느질을 하고 있었고 공장장은 통로를 오르내리며 빨리 하라고 소리를 질러 대고 있었다. 모리 교수님은 숨조차 제대로 쉴 수가 없었다. 그는 두려움에 온몸이 얼어붙었다. 공장장이 자신에게도 소리칠까 봐 겁이 났다.

점심시간에 아버지는 모리 교수님을 공장장에게 데려가서

아들이 일할 자리가 없는지를 물었다. 하지만 일자리를 구하는 어른은 많았고 일을 그만두는 사람은 없었다. 모리 교수님이 일할 자리는 남아 있지 않았다. 그에게는 다행이었다. 그는 이곳이 죽도록 싫었다. 그는 생을 마감할 때까지 지켰던 맹세를 바로 이때 하게 됐다.

'다른 사람을 착취하는 일은 결코 하지 않으리라. 또 다른 사람의 땀으로 돈을 벌지 않으리라.'

"모리, 이제 뭘 하겠니?"

새어머니는 그에게 이렇게 묻곤 했다.

"잘 모르겠어요."

그는 변호사를 싫어했으므로 법학은 제외시켰다. 그리고 피가 나는 광경을 보기 힘들어했으므로 의학도 뺐다.

"그럼, 뭘 할래?"

내 평생 가장 훌륭한 스승이었던 분이 교수님이 된 것은 순전히 이것저것 빼고 남은 결과였다.

"스승은 영원히 영향을 미친다.
어디서 그 영향이 끝날지 스승 자신도 알 수가 없다."
—헨리 애덤스

죽음
네 번째 화요일

"이런 생각으로 오늘 이야기를 시작하지. 모두들 죽게 된다는 사실을 알고 있지만 자기도 죽을 거라고 생각하는 사람은 없어."

모리 교수님이 말했다. 이번 화요일에는 그가 사뭇 사무적인 듯했다. 오늘의 주제는 전에 내가 리스트를 만든 것 가운데 맨 위에 있었던 '죽음'이었다.

내가 도착하기 전, 모리 교수님은 잊지 않도록 흰 종이 몇 장에 미리 메모를 해 놓았다. 떨리는 필체는 이제 교수님 자신밖에 알아보지 못했다. 노동절이 얼마 남지 않은 무렵이라 창밖으로는 뒷마당의 울타리가 초록 빛깔로 물들어 있었다. 또 거리에는 개학을 겨우 며칠 남겨 놓은 아이들이 자유롭게 뛰어놀고 있었다.

디트로이트에서는 신문사 데모 집단이 공휴일을 맞아 경영진에게 노동조합의 단결된 힘을 과시하기 위한 대규모 시위를 준비하고 있었다. 나는 비행기를 타고 보스턴으로 오면서 '나쁜 사람들'로부터 보호하기 위해서였다며 잠든 남편과 두 딸을 죽인 여자에 관한 기사를 읽었다. 캘리포니아에서는 O. J. 심슨의 변호인단이 대단한 명사가 되어 있었다.

모리 교수님의 방에서는 귀중한 하루의 삶이 계속되었다. 이제 우리 곁에는 새로운 존재가 들어서 있었다. 그것은 이동할 수 있게 되어 있는 무릎 높이쯤 되는 작은 기계였다. 바로 교수님의 산소 호흡기였다. 그가 밤에 숨을 제대로 쉬지 못하면 사람들은 긴 플라스틱 튜브를 거머리처럼 그의 콧구멍에 쑤셔 넣었다. 나는 교수님이 어떤 종류이든 기계라는 것과 연결된 모습이 마음에 들지 않아서 그와 이야기할 때 산소 호흡기를 쳐다보지 않으려고 애썼다.

그는 반복해서 말했다.

"죽게 되리라는 사실은 누구나 알고 있지만 정작 자신이 죽을 거라고는 아무도 믿질 않는단 말이야. 만약 그 사실을 받아들인다면 우리는 전혀 다른 사람이 될 텐데."

"자기는 안 죽을 거라며 자신을 속이지요."

"그래. 하지만 죽음에 대해 좀 더 긍정적으로 접근해 볼까?

언젠가 자신이 죽을 걸 안다면 언제든 죽을 준비를 해 둘 수 있어. 그게 훨씬 낫지 않은가? 그렇게 되면 사는 동안 자신의 인생에 훨씬 적극적으로 참여할 수 있거든."

"죽을 준비란 어떻게 하나요?"

"불교도들이 하는 것처럼 하게. 매일 어깨 위에 작은 새를 올려놓는 거야. 그러곤 새에게 '오늘이 그날인가? 나는 준비가 되었나? 나는 해야 할 일들을 제대로 하고 있나? 내가 원하는 그런 사람으로 살고 있나?'라고 묻는 거지."

그는 정말로 새가 얹혀 있기라도 한 듯이 어깨 쪽으로 고개를 돌렸다.

"오늘이 내가 죽을, 바로 그날인가?"

교수님이 말했다. 그는 모든 종교로부터 자유롭게 각각의 사상을 빌려 왔다. 유태인으로 태어났지만 십 대 청소년기에는 불가지론자(우주의 본질인 사물 자체는 인간의 경험으로 인식할 수 없다고 믿는 사람-옮긴이)가 되었다. 어린 시절 온갖 시련을 다 겪었던 것이 그 이유 가운데 하나였다. 교수님은 불교와 기독교의 철학을 즐겨 인용했고 문화적으로는 유태주의에서 안정감을 느꼈다. 그는 이 종교 저 종교 다 취하는 편이었는데, 그 덕에 오랜 세월 자신이 가르치는 학생들에게 마음을 더 많이 열어 놓을 수 있었다. 그리고 지상에서의 마지막 몇 달간 그는 각 종교를 초월하는 말을 남겼다. 죽음이 그렇게 할 수 있도록 이끌었다.

"미치, 어떻게 죽어야 할지 배우게 되면 어떻게 살아야 할지도 배울 수 있어."

그는 이렇게 말했다. 나는 고개를 끄덕였다.

"다시 말하면, 일단 죽는 법을 배우게 되면 사는 법도 배우게 된다네."

그는 미소를 지었고 나는 교수님이 왜 이렇게 말하는지 깨달았다. 그는 내가 당황하지 않고 이러한 관점을 잘 이해하도록 거듭 강조했다. 좋은 스승의 면모란 이런 때 잘 드러난다.

"교수님은 병이 나기 전에도 죽음에 대해서 많이 생각하셨나요?"

내가 묻자 모리 교수님은 웃으면서 대답했다.

"아니, 나도 다른 사람들과 똑같았지. 언젠가 한번은 너무나 자신감이 넘친 나머지 한 친구에게 '난 지금껏 자네가 만나본 노인 중에서 제일 건강한 노인이 될 거야!'라고 말한 적도 있다네."

"그게 언제였는데요?"

"육십 대였을 때."

"우와, 굉장히 낙관적이셨군요."

"왜 안 그렇겠나? 내가 말했듯이 자기가 죽을 거라고 믿는 사람은 아무도 없다네."

"하지만 아는 사람을 저세상으로 떠나보낸 경험은 누구에게나 있잖아요. 그런데도 자신의 죽음에 대해서 생각하는 것은 왜 그리 어려울까요?"

내가 물었다.

"다들 잠든 채 걸어 다니는 것처럼 살고 있기 때문이지. 우린 세상을 충분히 경험하지 못하고 있어. 해야 한다고 생각하는 일을 기계적으로 하고, 반쯤은 졸면서 살고 있거든."

"그럼 죽음에 직면하면 모든 게 변하나요?"

"그래. 모든 거추장스러운 것들을 다 벗겨 내고 결국 핵심에 초점을 맞추게 되지. 자기가 죽게 되리라는 사실을 깨달으면 모든 일들이 아주 다르게 보인다네."

교수님은 한숨을 쉬었다.

"어떻게 죽어야 할지 배우게. 그러면 어떻게 살아야 할지도 배우게 될 거야."

나는 그가 손을 덜덜 떠는 것을 알아차렸다. 교수님은 목에 걸려 있던 안경을 쓰려고 했지만 안경은 자꾸만 관자놀이에서 미끄러졌다. 마치 어둠 속에 있는 사람이 안경을 쓰는 것 같았다. 나는 그가 귀에 안경을 걸도록 도와주었다.

"고맙네."

모리 교수님이 속삭였다. 내 손이 머리를 스치자 그는 미소를 지었다. 그는 가벼운 접촉조차도 즐거워했다.

"미치, 내가 다른 측면을 이야기해 볼까?"

"네, 그러세요."

"어쩜 그런 사고방식을 자네는 좋아하지 않을지도 몰라."

"왜요?"

"솔직히 말해서 어깨 위에 있는 새의 소리에 귀를 기울이면, 즉 언제든 죽을 수 있다는 사실을 인정하면 지금처럼 야망이 넘치지 않게 될 테니까."

나는 억지로 조금 웃었다.

"자네가 현재 그렇게 많은 시간을 투자하고 있는 모든 작업들이 그다지 중요하게 여겨지지 않을 테니까. 영혼과 관계된 것이 파고들 공간을 많이 마련해야 할지도 모르지."

"영혼과 관계된 것들이요?"

"자넨 그 말을 좋아하지 않지, 안 그런가? '영혼' 말일세. 자넨 이를 감상적인 말이라고 생각하지."

"글쎄요."

교수님은 윙크를 하려고 했지만 제대로 되질 않았다. 나는 쿡 하고 웃음을 터뜨렸다. 그도 따라 웃으며 말을 이었다.

"미치, 나 역시도 영혼을 계발하는 게 진짜 무엇을 의미하는지 모른다네. 하지만 우리가 어떤 면에서 부족하다는 점은 잘 알지. 우린 물질적인 것에 지나치게 집중하면서도 거기에서 만족을 얻지 못하고 있어. 사랑하는 관계나 우리를 둘러싸고 있는 우주와 같은 것들을 사람들은 너무 당연하게 받아들이고 있어."

그는 고개를 돌려 햇빛이 드는 창가를 가리켰다.

"저게 보이나? 자네는 언제든 저 밖에 나갈 수 있지. 이 동네에서 저 동네로 마구 달려갈 수도 있어. 나는 그러지 못하네. 나갈 수가 없어. 물론 달리는 것은 더더욱 불가능하지. 밖으로 나가면 병이 심해질까 두려워. 하지만 자네, 혹시 그걸 아나? 자네보다 내가 저 창밖을 더 제대로 감상한다는 걸 말이야."

"창밖을 제대로 감상하다니요?"

"나는 매일 저 창밖을 내다보지. 나무가 어떻게 변하는지 바람이 얼마나 강해졌는지도 알아차린다네. 그것은 시간이 창밖으로 지나쳐 가는 것을 아는 것과 비슷한 거야. 나에게 주어진 시간이 거의 끝나 간다는 걸 알기 때문에 마치 처음으로 자연을 보는 것처럼 그렇게 자연에 마음이 끌린다네."

그가 말을 멈추었고 우리는 잠시 창밖을 내다보았다. 나는 모리 교수님이 보는 방식으로 바깥을 보려고 노력해 봤다. 시간과 계절, 내 삶이 천천히 스쳐 지나가는 것을 보려고 애썼다. 교수님은 고개를 어깨 쪽으로 살짝 돌렸다.

"오늘이 그날이니, 작은 새야? 바로 오늘이냐?"

모리 교수님은 물었다.

'나이트라인'에 출연한 덕분에 전 세계에서 모리 교수님에게 편지가 밀려들었다. 답장을 대신 써 주려고 모인 친구와 가족들에게 교수님은 앉아서 답장의 내용을 불러 주곤 했다.

어느 일요일, 그의 아들 롭과 조너선이 교수님 댁에 왔다. 우리 모두는 거실에 모였다. 교수님은 가는 다리에 담요를 덮고 휠체어에 앉아 있었다. 그가 한기를 느낀다고 하자 도와주는 사람이 어깨에 나일론 재킷을 걸쳐 주었다.

"맨 처음 편지는 어떤 거지?"

그가 물었다. 그의 친구 한 명이 낸시라는 여자의 편지를 읽었다. 그녀는 어머니를 루게릭병으로 잃었다고 했다. 그녀는 자신이 커다란 상실감을 겪었다는 것과 모리 교수님이 얼마나 고통스러울지 알고 있다는 내용을 적었다.

"좋아."

친구가 편지를 다 읽자 모리 교수님은 눈을 감고 말했다.

"이렇게 시작하자고. '친애하는 낸시, 어머니 이야기에 대단히 감동받았습니다. 그리고 당신이 어떤 어려움을 겪었는지 이해합니다. 지금 우리는 모두 슬픔과 고통 안에 있습니다. 하지만 슬픔은 내게 좋은 역할도 해 주고 있습니다. 당신에게도 그랬으면 좋겠습니다.'"

"아버지, 마지막 줄을 바꾸고 싶지 않으세요?"

롭이 말했다. 교수님은 잠시 생각에 잠겼다가 말했다.

"그래, 네 말이 옳아. '슬픔 속에서 당신도 치유의 힘을 찾을 수 있기를 바랍니다.'라고 하면 어떨까? 그게 더 나으냐?"

롭은 고개를 끄덕였다.

"'감사를 전하며, 모리'를 빼먹지 마라."

교수님은 덧붙였다.

제인이라는 여자로부터 온 편지도 있었다. 그녀는 '나이트 라인' 프로그램에서 감동을 준 것에 감사해하며 그를 선지자로 부르고 싶어 했다.

"칭찬이 지나치구면, 선지자라니."

친구 한 명이 말했다. 모리 교수님 역시도 그런 평가에는 동의하지 않았다.

"높은 평가에 대해 감사를 하지. 그리고 내가 한 말이 그녀에게 의미를 주었다니 큰 영광이라고 말해 줘. 그리고 '감사를 전하며, 모리'란 말을 잊지 말고."

영국에 사는 한 남자는 어머니를 잃었는데 영적 세계를 통해 어머니와 접촉할 수 있도록 도와 달라고 부탁했다. 또 어떤 커플은 보스턴에 찾아와 교수님을 뵙고 싶다면서 편지를 보내기도 했다. 또 예전에 가르쳤던 졸업생이 기나긴 편지를 보내왔다. 그녀는 대학 졸업 후의 삶에 대해 자세히 썼다. 자살 기도를 하고 세 명의 아이를 사산한 이야기를 늘어놓았다. 또 루게릭병으로 죽은 어머니에 대한 이야기도 언급돼 있었다. 그녀는 딸인 자신도 그 병에 걸릴까 봐 두렵다고 했다. 편지는 계속해서 이어졌다. 2페이지, 3페이지, 4페이지……

모리 교수님은 끝까지 앉아서 그녀의 우울한 이야기를 들었다. 마침내 다 끝나자 그가 나직이 말했다.

"자, 뭐라고 답장을 보내야 할까?"

모여 앉은 사람들은 침묵했다. 마침내 롭이 입을 열었다.

"'기나긴 편지, 감사합니다.'라고 하는 건 어떨까요?"

그의 농담에 모두들 웃음을 터뜨렸다. 교수님도 롭을 바라보며 환하게 웃었다.

루 게릭 선수와 루게릭병

의자 옆에 놓인 신문에 보스턴 야구팀의 한 선수가 어려운 타구를 잡고 미소 짓는 사진이 실려 있다. 갑자기 하고많은 병 가운데 왜 하필 모리 교수님이 그 운동선수의 이름을 딴 병을 앓고 있나 하는 생각이 든다.

"루 게릭이라는 선수, 기억하시죠?"

내가 묻는다.

"그가 스타디움에 서서 작별 인사를 고하던 장면을 생생하게 기억하네."

"그럼, 그의 유명한 말도 기억하시겠네요?"

"뭔데?"

"한번 기억해 보세요. 루 게릭, 그는 '양키스의 자랑'이잖아요? 대형 스피커에 나온 연설 말이에요."

"기억을 상기시켜 주게나. 연설을 해 봐."

모리 교수님이 말한다. 열린 창으로 쓰레기차 소리가 들린다. 더운 날씨인데도 교수님은 다리에 담요를 덮고 긴팔 옷을 입고 있다. 피부는 몹시 창백하다. 병이 자꾸만 그의 몸을 파고든다.

나는 목소리를 높여서 루 게릭의 흉내를 낸다. 스타디움 벽에 그의 목소리가 메아리친다.

"오오오늘······ 저, 저는······ 이 지구상에서······ 복 많은 사람이······ 된 기부운입니다아아······."

교수님은 눈을 감고 천천히 고개를 끄덕인다.

"음, 그랬었군. 난 지금 그렇게 느껴지지 않는데."

가족
다섯 번째 화요일

학생들이 개학하는 9월 첫째 주. 이 가을에 캠퍼스에는 나의 노은사를 기다리는 학생들이 없었다. 교수님이 강단에 선 지 35년 만에 처음으로 말이다. 대신에 보스턴에는 학생들이 밀려들어 길마다 차가 빼곡하고 짐을 내리는 트럭들이 즐비했다.

그리고 여기, 서재에는 모리 교수님이 있었다. 풋볼 선수가 은퇴해서 맞는 첫 일요일에 집에서 텔레비전을 보면서 '난 아직도 경기를 할 수 있는데……'라고 생각하는 것처럼 교수님이 집에 있는 것도 뭔가 어색했다. 나는 그런 선수들을 오랫동안 지켜보면서 경기 시즌이 되면 그들을 가만 놔두는 것이 최선임을 배웠다.

'선생님께 아무 말도 하지 말자.'

모리 교수님에게 차츰차츰 시간이 없어진다는 사실을 굳이 상기시킬 필요가 없었다.

이제는 우리의 대화를 녹음할 때 손으로 잡는 마이크 대신에 텔레비전 뉴스 앵커들이 쓰는 마이크를 사용했다. 교수님은 뭔가를 들고 있지 못할 만큼 점점 약해져 갔기 때문이다. 이 마이크는 옷깃에 달기만 하면 됐다. 그러나 교수님은 부드러운 면 셔츠만 입었고 셔츠는 늘 교수님의 마른 몸에 헐렁하게 걸쳐 있었기 때문에 마이크는 아래로 축 처지기 일쑤였다. 그래서 나는 매번 손을 뻗어 마이크를 고쳐 달아야 했다. 내가 가까이 다가갈 때마다 교수님은 즐거워하는 듯했다. 그에게는 어느 때보다도 이와 같은 물리적인 애정이 필요했다.

몸을 숙이면 그의 숨소리와 기침 소리가 들렸다. 교수님은 입술을 가만히 깨물고 나서 침을 삼켰다.

"친구, 오늘은 무슨 얘기를 할까?"

"음, 가족에 대해서 얘기하면 어떨까요?"

"가족이라……."

그는 잠시 생각에 잠겼다가 말했다.

"자네도 내 가족에 대해서 잘 알고 있지? 그들은 모두 나를 에워싸고 있어."

그는 고개로 서가에 놓인 사진들을 가리키며 가지고 와 달라고 했다. 어린 모리 교수님이 할머니와 찍은 사진, 젊었을 때 교수님이 동생 데이비드와 찍은 사진, 교수님과 그의 아내 샬럿, 두 아들 롭과 조너선의 사진이었다. 롭은 도쿄에서 저널리스트로, 조너선은 보스턴에서 컴퓨터 전문가로 일했다.

"우리가 이야기한 어떤 주제보다도 '가족'이 중요하다고 생각하네. 사실 가족 말고는 사람들이 딛고 설 바탕이나 안전한 버팀목이 없지. 병이 난 이후 그 점이 더 분명해졌네. 가족의 뒷받침과 사랑, 애정과 염려가 없으면 많은 걸 가졌다고 할 수 없어. 사랑이 가장 중요하네. 위대한 시인 오든(Wystan H. Auden)이 말했듯이, 서로 사랑하지 않으면 멸망한다네."

"서로 사랑하지 않으면 멸망하리."

나는 그 말을 받아 적었다. 오든이 그렇게 말했던가.

"'서로 사랑하지 않으면 멸망하리.' 아주 좋은 구절 아닌가? 그게 진리이기도 하고 말이야. 사랑이 없다면 우리는 날개가 부러진 새와도 같아. 내가 지금 이혼했거나 혼자 살거나 자식이 없다고 가정해 보세. 내가 지금 겪고 있는 이 병마가 훨씬 더 힘겨웠을 거야. 잘 견뎌 냈으리라고 장담하지 못하겠네. 물론 친구들과 여러 지인들이 나를 찾아와 주겠지만 내 곁을 떠나지 않을 가족과는 달라. 나를 계속 지켜봐 주는 사람을 갖는 것과는 매우 다르다네."

그는 계속해서 말을 이어갔다.

"가족이 지니는 의미는 그냥 단순한 사랑이 아니라네. 지켜 봐 주는 누군가가 옆에 있다는 사실을 상대방에게 알려 주는 거지. 어머니가 돌아가셨을 때 내가 가장 안타까워했던 게 바로 그거였어. 정신적인 안정감을 드리지 못한 게 가장 안타깝고 아쉽더군. 가족이 거기에서 자신을 지켜봐 주고 있으리라는 걸 느끼는 게 바로 정신적인 안정감이야. 가족 말고는 세상의 그 무엇도 그걸 줄 수는 없어. 돈도, 명예도."

교수님은 나를 뚫어지게 쳐다보며 덧붙였다.

"그리고 일도."

나에게는 당시 고민거리가 있었다. 너무 늦기 전에 하고 싶은 일들 중의 하나가 바로 가족을 일구는 것이었다. 나는 교수님에게 우리 세대가 자식을 갖는 것에 대해 느끼는 딜레마를 털어놓았다. 즉, 자식이 우리를 옭아맨다거나 자식을 낳으면 원치 않는 어버이 노릇을 해야 한다는 생각들을 한다고 말했다. 그리고 사실 나도 조금은 이런 감정을 느끼고 있다고 고백했다. 하지만 모리 교수님을 지켜보면서 만일 내가 곧 죽을 처지에 있는데도 가족이나 자식이 없다면 그 허전함을 과연 참아 낼 수 있을지 생각해 봤다.

교수님은 두 아들을 자신처럼 사랑이 많고 남을 잘 돌봐주는 사람으로 키워 냈다. 그들은 쑥스러워하지 않고 애정을 마음껏 표현했다. 그들은 하던 일을 멈추고 아버지 생애의 마지막 몇 달을 함께 지내려고도 했다. 하지만 그것은 모리 교수님이 원하는 바가 아니었다.

"너희 생활을 멈추지 마라. 안 그러면 이 병이 나 하나만이 아니라 우리 세 사람 모두를 집어삼켜 버릴 거야."

교수님은 아들들에게 그렇게 말했다. 그는 죽어 가면서조차 자식들의 세계를 존중했다. 이들 가족이 모여 있을 때는 애정이 폭포수처럼 흘러넘쳤고 입맞춤과 수없이 많은 농담들이 오갔다. 그리고 침대 곁에 쪼그리고 앉아서 상대방의 손을 잡아 주는 광경이 이 가족에게는 일상적인 것이었다.

모리 교수님은 큰아들의 사진을 보면서 이렇게 말했다.

"사람들이 자식을 낳아야 되느냐, 낳지 말아야 되느냐 물을 때마다 나는 어떻게 하라곤 말하지 않네. '자식을 갖는 것과 같은 경험은 이 세상 어떤 것과도 다르지요.'라고만 간단하게 말해. 정말로 그렇다네. 그 경험을 대신할 만한 것은 이 세상에 없어. 친구와도 그런 경험은 할 수가 없지. 애인과도 마찬가지야. 타인에 대해 완벽한 책임감을 경험하고 싶다면, 그리고 사랑하는 법과 가장 깊이 서로 엮이는 법을 배우고 싶다면 자식을 가져야 해."

"옛날로 되돌아간대도 또 자식을 낳으실 건가요?"

나는 그렇게 물어보고서 사진을 힐끗 보았다. 롭이 아버지인 교수님의 이마에 키스를 하고 있고 교수님은 눈을 감고 웃고 있었다.

"옛날로 되돌아간대도 자식을 낳을 거냐고?"

그는 놀란 표정으로 날 보면서 반문했다.

"미치, 난 그 무엇을 준대도 그런 경험을 놓치고 싶지 않네. 비록……."

모리 교수님은 침을 삼키고 사진을 무릎에 내려놓았다.

"비록 치러야 할 고통스러운 대가가 있긴 하지만."

"그들을 두고 떠나셔야 하는 것 말인가요?"

"그래. 곧 그들을 두고 떠나야 하니까."

그는 입술을 꾹 다물고 눈을 감았다. 나는 그의 뺨에 흐르는 눈물을 보았다.

"이제 자네가 얘기해 봐."

그가 속삭였다.

"저요?"

"자네 가족의 이야기 말이야. 자네의 부모님은 나도 알지. 오래전에, 그러니까 졸업식 때 뵈었지. 또 누이도 있지 않나?"

"네."

"누나였지, 아마?"

"누나예요."

"그리고 형제도 있지?"

나는 고개를 끄덕였다.

"동생이던가?"

"네."

"나와 같군. 나도 남동생이 있는데."

"네, 선생님이랑 같아요."

"그도 자네 졸업식에 왔었지?"

나는 눈을 깜빡였다. 16년 전의 뜨거운 햇빛 속에서 파란 옷을 입은 우리가 어깨동무를 하고 사진을 찍는 장면이 머릿속에 떠올랐다. 누군가 "치이이즈"라고 말했었다.

"왜 그래, 무슨 생각을 한 거지?"

교수님은 갑자기 내가 조용해진 것을 알아차리고 물었다.

"아, 아무것도 아닙니다."

나는 화제를 바꾸었다.

내겐 피터라는 이름의 남동생이 한 명 있다. 금발에 다갈색 눈동자를 가진, 나보다 두 살 아래인 그 애는 나와는 너무나 생김새가 달랐고 또 검은 머리인 누나와도 너무 달랐다. 그래서 우리는 "아기 때 누가 널 우리 집 문 앞에 두고 갔어."라며 놀리곤 했다. "언젠가 누군가 너를 찾으러 올 거야."라고도. 누나와 내가 짓궂게 놀리면 그 앤 울었다. 그런데도 우리는 만날 놀려 댔다.

동생은 다른 집 막내들처럼 응석받이에 사랑을 잔뜩 받으면서도 마음속으로는 많은 고민을 겪으며 자랐다. 피터는 배우나 가수를 꿈꿨고 저녁 식사를 할 때면 텔레비전에서 본 쇼를 연기해 보이곤 했다. 온갖 역할을 흉내 내며 쇼를 하면서 그 애 특유의 밝은 웃음을 흘렸다.

나는 모범생이었고 녀석은 문제 학생이었다. 나는 어른들의 말에 순종했고 녀석은 규칙을 어겼다. 나는 마약이나 술에는 근처에도 가지 않았지만 녀석은 입으로 삼킬 수 있는 것은 모두 다 해 봤다. 고등학교 졸업을 하고서 얼마 안 되어 피터는 유럽으로 날아갔다. 유럽의 자연스러운 생활 방식을 더 마음에 들어 했다. 하지만 그 애는 여전히 가족들의 사랑스러운 막내였다. 피터가 그 야성 넘치면서도 유쾌한 모습으로 집에 돌아올 때면 나는 몸이 굳고 스스로 보수적인 사람 같다는 느낌을 받을 때가 많았다.

그렇게 달랐으므로 나는 우리가 어른이 되면 인생도 완전히 딴 방향으로 흐를 거라고 믿었다. 나는 오로지 한길로만 똑바로 갔다. 삼촌이 돌아가신 날부터 나 자신도 역시 그와 비슷한 죽음을 겪을지도 모른다고 믿었다. 젊은 나이에 질병에 걸려서 세상을 떠날 거라고 말이다. 그래서 발바닥에 불이 나도록 열심히 일했고 암이 닥쳐올 것에 대비했다. 나는 암의 기운을 느낄 수 있었다. 그것이 내게 닥쳐오리라는 것을 알았다. 그래서 사형 선고를 받은 죄수가 집행을 기다리듯이 암이 나를 덮쳐 오기만을 기다렸다.

그리고 내 예감이 맞았다. 어느 날 암이 다가왔던 것이다. 하지만 그것은 나를 비껴갔다. 암은 피터에게 들이닥쳤다. 우리 삼촌이 앓던 것과 같은 종류였다. 췌장암…… 희귀한 형태였다. 우리 가족 중 제일 젊고 금발에 다갈색 눈동자를 가진 그 애가 화학 요법과 방사선 치료를 받아야 했다. 머리칼이 빠지고 얼굴이 해골처럼 수척해졌다. 나는 '내가 겪어야 할 병을 저 애가 겪는다.'라고 생각했다. 하지만 피터는 내가 아니었다. 그 애는 또 삼촌 같지도 않았다. 그 애는 투사였다. 나와 지하실에서 레슬링을 할 때 내가 비명을 지르며 손을 놓을 때까지 내 발을 깨물던 그 애는 어린 시절부터 내내 싸움꾼이었다.

그렇게 그 애는 맞서 싸웠다. 자신의 집이 있는 스페인에서 병마와 싸웠다. 그 애는 그때나 지금이나 미국에서 쓰지 않는 전문 치료제를 투약 받았다. 5년 만에 이 약이 암을 약화시켰다고 판명되었다. 희소식이었다.

그리고 나쁜 소식도 있었다. 피터는 나뿐만이 아닌 모든 가족을 자신의 곁에 오지 못하게 했다. 우리는 전화를 하고 찾아가려고 애썼지만 그 애는 혼자서 이 병과 싸울 거라면서 우리의 접근을 막았다. 동생에게서 아무런 소식도 듣지 못한 채 몇 달이 지나곤 했다. 자동 응답기에 메모를 남겨도 통 응답이 없었다. 동생을 위해 뭔가를 하면 죄책감에서 벗어날 것만 같았다. 그래서 뭔가 해 줄 가족의 권리를 빼앗는 그 애에게 화가 났다.

그래서 나는 다시 일에 매달렸다. 일은 내 마음대로 조종할 수 있는 유일한 것이었다. 일이야말로 내게 반응을 보이는 유일한 상대였던 것이다. 스페인에 있는 동생 아파트에 전화를 걸어서 자동 응답기의 대답을 들을 때마다 나는 수화기를 쾅 하고 내려놓고는 다시 일에 매달렸다. 그 애는 스페인 어로 녹음을 해 놓았고 그것 또한 거리감을 느끼게 했다.

어쩌면 내가 모리 교수님에게 끌리게 된 이유도 바로 이 때문이리라. 교수님은 내 동생이 받아들이지 않는 자리에 내가 들어설 수 있게 해 주었다.

이제 와서 생각해 보면 교수님은 아마 이 모든 것을 알고 있었던 것 같다.

썰매 타기

어린 시절, 겨울이 되면 우리가 사는 교외 지역의 눈 덮인 언덕에서 우리는 썰매를 탄다. 동생은 썰매 뒤쪽에, 나는 앞쪽에 타고 달린다. 그 애의 턱이 내 어깨에 닿고 무릎에는 그 애의 발이 닿는다.

우리를 실은 썰매는 얼어붙은 길을 달려 내려간다. 언덕을 내려가면서 속도가 점점 빨라진다.

"차가 온다, 위험해!"

누군가 소리친다. 우리 왼편 도로에서 차가 달려오고 있다. 우리는 비명을 지르면서 썰매 앞머리를 돌리려 하지만 활주부가 꼼짝도 하지 않는다. 운전자는 경적을 울리며 급브레이크를 밟고 우리는 용감한 애들답게 썰매에서 뛰어내린다.

후드가 달린 잠바를 입은 우리는 추운 눈밭을 통나무처럼 데굴데굴 구른다. 이제 곧 딱딱한 자동차 바퀴에 쾅 부딪칠 거라고 각오한다. 우리는 너무나 겁이 나서 "아아악!" 소리를 지르며 구른다. 위아래가 뒤집어지고 세상이 바로 보였다 거꾸로 보였다 한다.

그런데 아무 일도 일어나지 않는다. 우리는 구르기를 멈추고 숨을 몰아쉬며 얼굴에 묻은 눈을 닦아 낸다. 운전자는 단단히 화가 난 듯 우리에게 손가락질을 하면서 도로를 빠져나간다.

우린 안전하다. 조금 전 우리가 탔던 썰매는 조용히 눈 더미에 박혀 있고 친구들은 손뼉을 치면서 "멋져!", "하마터면 죽을 뻔했어."라고 소리친다.

나는 동생을 쳐다보면서 씩 웃었다. 어깨를 으쓱하며 나는 동생과 하나가 된다.

"그다지 나쁜 경험은 아니었어."

우린 이렇게 말하면서 또다시 죽음과 맞설 채비를 한다.

감정
여섯 번째 화요일

　교수님 댁 앞에 있는 칼미아 나무와 단풍나무를 지나 푸른 돌계단을 올라갔다. 흰 빗물받이가 문 위에 달려 있었다. 초인종을 누르자 평소와 달리 코니 대신에 모리 교수님의 부인인 샬럿이 나왔다. 샬럿은 잿빛 머리칼을 한 아름다운 분으로 항상 경쾌한 목소리로 말했다. 그녀는 교수님의 병 진단 이후로도 교수님의 바람대로 계속 MIT 대학에서 근무했다. 그래서 교수님 댁에 들를 때면 샬럿은 거의 집에 없었다. 그래서 이 날 아침 그녀가 나를 맞아 주자 무척 놀랐다.

　"그 양반이 오늘은 무척 힘들어하네요."

　샬럿이 말했다. 그녀는 잠시 내 어깨너머를 쳐다보더니 부엌 쪽으로 걸음을 옮겼다.

"하필 이런 때 찾아와서 죄송합니다."

나는 미안한 표정으로 말했다. 그러자 샬럿은 재빨리 대답했다.

"아니에요. 그이는 미치를 만나면 분명히 무척 좋아할 거예요."

샬럿은 말을 하다가 갑자기 입을 다물고 고개를 갸우뚱하면서 무슨 소리가 나는지 귀를 기울였다. 그러더니 다시 말을 이었다.

"미치가 집에 온 걸 알면 그이 기분은 틀림없이 한결 나아질 거예요."

"음, 이 음식을 드려야죠!"

나는 농담을 하면서 가게에서 사 온 봉지를 들어 보였다. 샬럿은 미소와 함께 슬픈 표정을 지었다.

"음식은 아직 많이 남아 있어요. 지난번부터 그이는 통 먹지를 못했거든요."

나는 깜짝 놀랐다.

"선생님이 음식을 통 못 드신다고요?"

샬럿이 냉장고 문을 열자 눈에 익은 그릇들이 보였다. 닭고기 샐러드, 파스타, 야채, 호박 요리……. 모두 내가 교수님께 드리려고 사 왔던 음식들이었다. 샬럿이 냉동실 문을 열자 거기에는 더 많은 음식들이 들어 있었다.

"그인 이제 이런 음식을 못 먹게 됐어요. 삼킬 수가 없거든요. 유동식만 먹어야 한대요."

"하지만 교수님은 그런 말씀을 안 하셨어요."

샬럿은 미소를 지었다.

"미치의 마음을 상하게 하고 싶지 않아서 말하지 않았을 거예요."

"이 음식들을 먹지 못한다고 말씀하셨어도 되는데. 전 그냥 어떤 식으로든 도와 드리고 싶었거든요. 그러니까 교수님께 뭔가 먹을 거라도 갖다 드리고 싶어서……."

"미치는 이미 그 사람에게 소중한 걸 갖다 주고 있어요. 그이는 미치의 방문을 잔뜩 기대해요. 미치와 함께하는 이번 프로젝트를 잘 해내야 한다면서 말이에요. 어떻게든 자신이 거기에 집중해야 하고 시간을 따로 쪼개야 한다고 하더군요. 두 사람의 만남이 훌륭한 목적의식을 주나 봐요."

샬럿의 눈은 먼 곳을 바라보는 것 같았다. 마치 딴 세상을 향하는 듯한 표정이었다. 나는 교수님이 힘든 밤을 보내고 있다는 것을 알았다. 계속 잠을 이루지 못했기 때문에 그녀도 역시 잠을 자지 못하는 날이 많았다. 어떤 때 교수님은 몇 시간 동안이나 계속해서 기침이 터져 나와 고생하기도 했다. 이때 목에 걸린 가래를 뱉어 내는 데는 오랜 시간과 노력이 필요했다.

이젠 간호사들이 밤에도 집에 머무르고 있었고 낮에는 좔

업생들이나 동료 교수, 명상 선생님들이 드나들었다. 하루에 손님이 대여섯 명이 넘게 오는 날도 있었고 샬럿이 퇴근해서 집에 왔을 때까지 손님이 있는 경우도 많았다.

남편과 함께 지낼 귀중한 시간을 다른 사람들이 빼앗는데도 샬럿은 참을성 있게 그 상황을 잘 받아들였다.

"목적의식, 그건 정말 좋은 일이에요."

샬럿이 말했다.

"저도 그랬으면 좋겠습니다."

나는 새로 사 온 음식을 냉장고에 넣는 것을 도왔다. 부엌 조리대에는 온갖 종류의 메모와 전갈, 의료 지식이 적힌 종이가 있었다. 식탁 위에는 어느 때보다도 약병이 많았다. 천식 때문에 먹는 셀레스톤, 수면을 유도해 주는 아티반, 감염 때문에 복용하는 나프록센, 거기에 분유와 완화제까지 놓여 있었다. 복도 끝에서 문이 열리는 소리가 들렸다.

"그이가 나오고 있나 봐요. 가서 보고 올게요."

샬럿은 다시 내가 가져온 음식을 힐끗 봤고 나는 갑자기 부끄러워졌다. '우리 선생님은 남아 있는 이 음식들을 다시는 맛보지 못하시겠구나.' 하는 생각이 들었다.

루게릭병은 점점 더 심각해졌다. 우리가 마주 앉았을 때 교수님은 평소보다 훨씬 많이 기침을 했다. 몸통 전체가 마구 흔들리고 머리까지 앞으로 확 쏠리게 하는 심한 기침이었다. 이런 기침이 터지다가 잠잠해지면 그는 눈을 감고서 숨을 내쉬었다. 나는 교수님이 기운을 차릴 때까지 조용히 앉아 있었다.

"테이프가 돌아가고 있나?"

교수님은 눈을 감은 채 불쑥 말을 내뱉었다.

"네, 돌아갑니다."

나는 녹음 버튼을 누르며 재빨리 대답했다.

"나는 지금 '경험에서 벗어나기'를 하고 있다네."

모리 교수님은 여전히 눈을 감은 채 말했다.

"벗어나기요?"

"그래, 벗어나기. 나처럼 죽어 가는 사람뿐만 아니라, 자네처럼 아주 건강한 사람한테도 이것은 아주 중요해. 벗어나는 법을 배우게."

교수님은 눈을 떴다. 그리고 숨을 내쉬고 말했다.

"불교도들이 뭐라고 하는지 아나? '세상의 일들에 매달리지 마라, 영원한 것은 없으니까.'"

"하지만 선생님은 늘 삶을 경험하라고 말하지 않으셨나요? 좋은 감정이든 나쁜 감정이든 모두 경험해 보라고."

내가 말했다.

"물론 그렇지."

"경험하라고 하시면서 또 벗어나라고 하시는 말씀은 도대체 무슨 의미죠?"

"음, 자네도 거기에 대해 생각을 하고 있었군. 하지만 벗어난다고 해서 경험이 우리를 꿰뚫고 지나가지 못하게 한다는 뜻은 아니야. 반대로 경험이 자네를 온전히 꿰뚫고 지나가게 해야 하네. 그렇게 해야만 거기에서 벗어날 수 있어."

"아직도 어려워요."

"어떤 감정이든 결코 그것에 초연할 수는 없어. 예를 하나 들어 보도록 하지. 어떤 여자를 사랑한다고 가정해 보세. 아니면 사랑하는 사람을 잃은 슬픔이나 또는 지금의 나처럼 치명적인 병으로 인한 두려움과 고통과 같은 것을 느낀다고 해 보자고. 우리가 감정을 자제하면, 즉 그 감정들이 자신을 온전히 꿰뚫고 지나가게 하지 못한다면 겁이 나서 어쩔 줄 몰라 할 거야. 고통이 겁나고 슬픔이 두렵지. 또 사랑의 감정에 뒤따르는 약해지는 마음 때문에 겁이 나게 된다네."

목이 마른지 물을 한 모금 마시며 그는 계속한다.

"하지만 이런 감정들에 온전히 자신을 던져서 스스로 그 안에 빠져들도록 내버려 두면, 그래서 온몸이 거기에 빠져들어 가게 되면 그때는 그 감정들을 제대로 경험할 수 있게 돼. 고통이란 게 뭔지를 알게 되는 거지. 또 사랑이나 슬픔이 뭔지도 알게 되네. 그럼 그제야 이렇게 말할 수 있지. '좋아, 난 지금껏 그 감정을 충분히 느꼈어. 이젠 그 감정을 너무도 잘 알아. 그렇다면 이제 잠시 그 감정에서 벗어날 필요가 있겠군.'이라고 말이야."

모리 교수님은 말을 멈추고 나를 바라보았다. 아마 내가 제대로 알아들었는지를 확인하기 위해서였을 것이다.

"이 이야기가 오직 죽어 가는 것에만 관계되는 이야기라고 생각할지도 몰라. 하지만 내가 지금껏 언급해 온 것들과 비슷한 이야기라네. 어떻게 죽어야 할지를 배우게 되면 어떻게 살아야 할지도 깨닫게 된다는 것 말이야."

교수님은 가장 두려운 순간에 대해서 말했다. 숨을 들이쉬다가 가슴이 탁 막혀 버리는 느낌이 들 때, 혹은 다음 숨이 어디서 나올지 확신할 수 없을 때가 그는 가장 무섭다고 했다. 그럴 때 처음 느껴지는 감정은 두려움, 공포, 초조함인데, 하지만 일단 이런 느낌과 감촉, 그 축축함과 오싹함이 머리끝까지 확 솟아오르는 것을 느낀 후에는 "좋아, 그래. 난 지금 겁이 나. 그럼 이제 여기에서 빠져나가야겠어."라고 말할 수 있다고 설명했다.

일상생활에서도 이런 태도가 필요하다는 생각이 들었다. 우리 모두는 얼마나 외로운가. 어떤 때는 눈물이 날 정도로 쓸쓸하지만 울어선 안 된다는 생각으로 눈물을 흘리지 않는다. 또 어떤 이에게 사랑하는 감정이 솟아나는 것을 느끼면서도 그것을 입 밖으로 꺼내면 관계가 틀어질까 봐 두려워서 입을 꼭 다물어 버린다.

모리 교수님의 접근법은 이와 완전히 반대였다. 수도꼭지를 틀어 놓고 감정으로 세수를 한다. 그렇게 하면 오히려 큰 도움이 되고 마음이 상하지 않는다. 두려움이 안으로 들어오게 내버려 두고 그것을 늘 입는 셔츠처럼 입어 버리면 자신에게 이렇게 말할 수 있다.

"좋아, 이건 그냥 두려움일 뿐이야. 요놈이 나를 좌우하게 내버려 두지 않을 거야. 이 감정을 있는 그대로 보자고."

외로움에 대해서도 마찬가지다. 외롭다면 감정을 풀어 놓고 눈물을 흘리며 충분히 느낀다. 그러면 결국 이렇게 말할 수 있게 된다.

"좋아, 그건 내가 쓸쓸함을 느끼는 한순간일 뿐이야. 난 쓸쓸함을 느끼는 게 두렵지 않아. 하지만 지금은 이 감정을 옆으로 밀어 놓고 이 세상에 있는 또 다른 감정을 맛봐야겠어. 다른 것들도 경험해 보자고."

난 놀란 얼굴을 하고 그를 쳐다본다.

"벗어나게."

모리 교수님은 다시 말했다. 그는 눈을 감았다. 그리고 또 기침을 해 댔다. 기침을 한 후에 더 크게 또 기침을 했다. 갑자기 가슴이 막히면서 폐에 울혈 증상이 생겨 기침이 위로 올라오다가 떨어지면서 숨을 쉬지 못하게 했다. 교수님은 내 앞에서 구역질을 하더니 심하게 마른기침을 해 댔다. 그의 머리까지 마구 흔들렸다. 두 눈을 감고 양손을 저으면서 거의 정신이 나간 듯 보였다.

나는 이마에 땀이 송송 맺히는 기분이 들었다. 나도 모르게 교수님을 살짝 엎드리게 하고는 어깻죽지를 탁탁 치자 그는 가래를 뱉어 냈다. 기침이 멈추자 그는 베개에 머리를 기대고 공기를 들이마셨다.

"괜찮으세요, 교수님? 정말 괜찮으신 거예요?"

나는 공포심을 감추려고 애쓰며 물었다.

"난, 괜찮아. 그저…… 잠시 기다려 주게."

교수님은 힘없이 손을 흔들며 속삭였다. 그의 호흡이 정상으로 돌아올 때까지 우리는 가만히 앉아서 기다렸다. 머리통에서 땀이 솟는 기분이 들었다. 교수님은 바람이 들어와 추우니 창문을 닫아 달라고 내게 부탁했다. 그에게 바깥 기온이 27도나 된다는 사실을 말하지 않았다. 마침내 속삭이는 소리로 교수님은 말했다.

"내가 어떻게 죽고 싶어 하는지 혹시 아나?"

나는 침묵하며 그의 대답을 기다렸다.

"평온하게 죽고 싶네. 아주 평화롭게 말이야. 방금 전처럼 그렇게는 아니야. 벗어나기가 힘을 발휘하는 때는 바로 이때야. 만약 방금처럼 기침을 해 대다가 죽어야 한다면 난 그 두려움에서 벗어날 필요가 있어. 그럴 때 '지금 이 순간 나는 이 두려움에서 벗어나야 한다.'라고 말해야겠지."

근심스런 내 얼굴을 보며 교수님은 말을 이어 나갔다.

"공포 속에서 세상을 떠나고 싶진 않아. 무슨 일이 일어나는지 알고, 받아들이고, 평화로운 곳에 이르고, 자유롭게 놓여나고 싶네. 이해가 되나?"

나는 고개를 끄덕였다.

"하지만 아직은 놓여나지 마세요."

나는 재빨리 덧붙였다. 교수님은 억지로 웃었다.

"그래, 아직은 안 되지. 우리에겐 해야 할 일이 남아 있으니까 말이야."

다시 태어난다면 가젤 영양이 되고 싶어

"윤회를 믿으세요?"

내가 묻는다.

"그렇다고도 할 수 있지."

"그럼, 뭘로 다시 태어나고 싶으세요?"

"내 마음대로 고를 수 있다면 나는 가젤 영양이 되고 싶어."

"가젤 영양이요?"

"그래, 정말 우아하잖아. 아주 빠르기도 하고 말이야."

"가젤 영양으로 다시 태어나고 싶다고요?"

모리 교수님은 씩 웃는다.

"그게 이상한가?"

나는 그의 작아진 몸과 헐렁한 옷, 고무 받침대에 뻣뻣하게 올려 있는 채로 양말이 신겨진 발을 본다. 족쇄를 찬 죄수처럼 움직이지도 못하는 다리…… 나는 사막을 뛰어다니는 가젤 영양을 머릿속으로 그려 보고 말한다.

"아뇨, 하나도 이상하지 않아요."

모리의 삶

　내가 아는 모리 교수님, 그리고 많은 사람이 아는 모리 교수님은 워싱턴 외곽에 있는 정신 병원에서 몇 년간 일하지 않았다면 지금과는 아주 다른 사람이 되었을 것이다. 엉뚱하게도 '밤나무집'이라는 평화로운 이름을 가진 정신 병원이 교수님의 첫 직장이었다. 그는 시카고 대학에서 열심히 공부하여 석사와 박사 학위를 받은 후 이곳에서 처음 일자리를 얻었다. 의학과 법학, 경영학을 퇴짜 놓다 보니 타인을 착취하지 않고 헌신할 수 있는 유일한 분야라고 할 수 있는 연구 작업에 투신하자는 결론이 내려졌다.

　그는 정신 질환 환자들을 관찰하고 치료하는 과정을 기록하는 일을 담당했다. 요즘에야 이것이 흔한 일이지만 1950년대 초반에만 해도 아주 낯선 분야였다. 그는 하루 종일 비명을 지르는 환자들을 관찰했다. 밤새 울어 대는 환자들, 옷에 오줌을 싸는 환자들, 먹는 것을 거부해서 영양 주사를 맞고 약을 먹어야 하는 환자들…….

중년의 어떤 여자 환자는 매일 방에서 나와서 타일 바닥에 얼굴을 박고 엎드려 몇 시간이고 그대로 있었다. 의사나 간호사들은 그녀를 빙 돌아서 지나갔다. 모리 교수님은 겁에 질려 그녀를 지켜보았다. 그러면서 관찰 기록을 계속해 나갔다. 매일 그 환자는 같은 일을 반복했다. 아침에 병실에서 나와 바닥에 엎드려 저녁까지 그대로 있었다. 다른 사람과 대화를 하지도 않았고 모두 그녀를 못 본 체했다.

모리 교수님은 그것이 슬펐다. 그래서 그는 바닥에 함께 앉아 있기 시작했다. 옆에 엎드리기까지 하면서 그녀를 이 비참한 상황에서 끌어내려고 노력했다. 결국 그는 그 여자 환자를 일으켜 앉혔고 방으로 되돌려 보내기까지 했다. 그녀가 원했던 것은 많은 사람이 원하는 것과 똑같았다. 자기가 거기 있다는 것을 누군가 알아주는 것, 바로 그것이었다. 교수님은 그것을 알고 있었다.

그는 밤나무집에서 5년간 일했다. 병원 측에서는 내켜하지 않았지만 그는 몇 몇 환자와 친구가 되기도 했다. 그중에는 "남편이 돈이 많아서 이곳의 병원비를 내 주는 덕에 내가 여기에 있을 수 있으니 참으로 행복하다."라고 농을 던지는 여자도 있었다. 그녀는 "싸구려 정신 병원에 있었다면 어땠겠어요?"라고 했다.

또 누구한테나 침을 뱉곤 했던 어떤 여자는 모리 교수님을 좋아해서 '친구'라고 불렀다. 그들은 매일 이야기를 나누었는데 병원 의료진은 그녀에게 접근할 수 있는 누군가가 있다는 것에 안심했다. 그러던 어느 날 그녀가 달아나자 모리 교수님은 병원으로부터 그녀가 병원으로 돌아오도록 도와 달라는 요청을 받았다. 사람들이 그녀가 있는 상점 근처에까지 와서 그녀를 추적하자 그녀는 숨었다. 모리 교수님이 상점에 들어가자 그 여자 환자는 화가 난 표정을 지으며 나타났다.

"결국 당신도 그 사람들과 똑같군요."

그녀가 교수님을 쏘아봤다.

"그 사람들이라니 누구 말입니까?"

"나를 가둔 간수들 말이야."

교수님은 환자들 대부분이 타인으로부터 거부당하고 무시당하며 살고 있다는 것을 깨달았다. 그들은 자기의 존재를 확인받지 못하며 살았던 것이다. 그들은 연민을 기대했지만 의료진에게 연민 따위는 없었다.

환자들은 대개 부유한 가정 출신이었다. 이는 물질적인 부가 결코 행복이나 만족감을 담보해 주지는 못한다는 것을 증명해 주었다. 이것은 모리 교수님의 가슴속에 영원히 잊히지 않는 교훈이 되었다.

꽃무늬 나는 종종 교수님을 1960년대에 머물러 산다고 놀리곤 했다. 그러면 그는 지금 우리가 사는 시대에 비하면 1960년대가 그리 나쁘진 않았다고 응수했다.

교수님이 정신 병원에서 일한 후 브랜다이스 대학으로 왔을 때는 1960년대가 막 시작되기 직전이었다. 몇 년이 지나자 캠퍼스는 마약과 섹스, 인종 문제, 월남전 반대 등 문화 변혁의 온상이 되었다. 브랜다이스 대학에는 학생 운동을 했던 학생들이 있었다. 모리 교수님의 강의에는 이런 '급진적인' 학생들이 여럿 출석했다. 여기에는 사회학과 교수들이 단순히 강의만 하는 게 아니라 사회 참여를 하기 때문이라는 이유도 있었다. 예컨대, 극심한 반전 운동을 들 수 있다. 일정한 성적을 유지하지 못하는 학생은 군 소집 연기 대상이 되지 못하여 징병될 거라는 사실이 알려지자 교수들은 학생 전부에게 성적을 주지 않기로 결정했다. 그러자 학교 당국에서 "이 학생들에게 성적을 주지 않으면 모두 유급하게 된다."라고 했다. 그래서 모리 교수님은 해결책을 제시했다.

"학생 전원에게 A 학점을 줍시다."

그래서 교수진들은 그렇게 하기로 했다.

1960년대가 열리며 캠퍼스에 모리 교수님을 포함한 교직원들도 청바지에 샌들 차림으로 출근하기 시작했다. 또한 강의실을 살아 숨 쉬는 곳으로 보는 열린 교육 태도를 취하게 되었다. 강의보다는 토론을, 이론보다는 경험을 선택했다.

학생들을 미국 최남단 지방으로 보내서 그 지역의 인권 조사를 시키거나 도시 중심부의 저소득층 주거지로 보내서 현장 연구를 하도록 했다. 학생들은 워싱턴에 가서 반전 데모행진을 했고 모리 교수님도 그들과 함께 자주 버스를 타고 갔다. 한번은 플레어 스커트를 입고 평화를 상징하는 목걸이를 건 여성이 병사의 총에 꽃을 달아 준 다음 잔디밭에 앉아서 손에 손을 맞잡고 펜타곤(미국 국방성 - 옮긴이) 지붕을 날려 버릴 듯 고함을 치며 반전 데모를 하는 광경도 목격했다.

"물론 저쪽에서야 꿈쩍도 안 했지만 한번 시도해 볼 만한 일이었지."

나중에 교수님은 그렇게 회고했다.

흑인 학생 무리가 브랜다이스 대학 캠퍼스의 포드 홀을 점거한 일도 있었다. 그들은 '말콤 엑스 대학'이라고 적힌 휘장을 내걸었다. 포드 홀에는 화학 실험실이 있어서 학교의 관계자들은 급진파가 지하실에서 폭탄을 만들까 봐 염려했다. 그러나 모리 교수님은 그들보다 현명했다. 그는 문제의 핵심을 꿰뚫어 보았다. 인간은 누구나 자기가 중요한 존재임을 느끼고 싶어 한다는 것을 말이다.

대치 상황이 몇 주일이나 계속되었다. 모리 교수님이 건물 옆을 지날 때 데모 집단 학생 한 명이 평소 좋아하는 교수인 그를 보고 창문으로 들어와 달라고 말하지 않았더라면 이런 대치 상태는 좀 더 오래 지속되었을 것이다.

한 시간 후, 모리 교수님은 데모 집단이 원하는 사항이 적 힌 목록을 들고 창문 밖으로 기어 나왔다. 그는 대학 총장에 게 그 목록을 전했고 상황은 해결되었다. 모리 교수님은 이런 식으로 늘 평화를 만들어 냈다.

그는 브랜다이스 대학에서 사회심리학, 정신 질환과 건강 등에 관한 그룹 과정을 강의했다. 소위 대학의 '직업 훈련'이라 는 것보다는 '개인 계발' 개념을 중시하는 강의를 했다. 그런 이유 때문에 경영대와 법대 교수들은 모리 교수님의 헌신적 인 강의를 멍청할 정도로 순진한 짓으로 보았을지도 모른다. 그들에겐 그저 그의 제자들이 얼마나 돈을 많이 벌었는지, 큰 소송에서 몇 차례나 이겼는지가 중요했을 테니까 말이다.

그런데 경영대나 법대 졸업생들은 졸업 후 자신들의 노은사 를 몇 번이나 찾아갈까? 모리 교수님의 제자들은 늘 그를 찾 아왔다. 그리고 세상을 떠나기 전 몇 달 동안 수백 명도 넘는 제자가 보스턴, 뉴욕, 캘리포니아, 런던, 스위스 등지에서 찾아 왔다. 회사에서 일하다가 혹은 도시 빈민가 학교 프로그램을 주관하다가 그들은 전화를 걸었고 편지를 썼다. 그리고 교수님을 한 번이라도 뵙기 위해서 수백 마일을 운전해서 찾아왔다. 고작 한마디의 말과 한 번의 미소를 나누기 위해서였다.

"여태 제게 선생님 같은 분은 없었어요."

모두들 모리 교수님에게 그렇게 말했다.

마지막 떠남에 대하여

모리 교수님을 만나면서 나는 죽음에 대한 글을 읽기 시작한다. 그리고 마지막 떠남에 대해 다른 문화권은 어떤 시각을 갖고 있는지 알아본다.

북아메리카 극지방에 사는 어떤 부족은 지상에 사는 모든 것은 몸 안에 축소된 형태로 존재하는 영혼을 지닌다고 믿는다. 즉, 사슴은 몸에 작은 사슴을 지니고 있으며 사람은 몸에 작은 사람을 지니고 있다는 것이다. 따라서 커다란 몸은 죽지만 그 작은 형태는 계속해서 생존한다. 그러다가 그것은 자기 근처에서 태어나고 있는 것에 살짝 들어가거나 잠깐 동안 하늘의 쉴 곳으로 올라가기도 한다. 그 쉴 곳이 바로 위대한 여성의 영혼이라는 자궁인데 작은 형태는 달이 다시 지상에 내려보내 줄 때까지 거기서 기다린다.

그들은 가끔 달이 새로운 영혼 때문에 몹시 바빠서 하늘에서 사라질 때도 있다고 말한다. 밤에 달이 뜨지 않는 경우가 있는데 그때가 바로 달이 너무 바빠서 하늘에서 사라지는 때라는 것이다. 하지만 우리 모두가 그렇듯 결국 달은 늘 돌아온다. 그들은 그렇게 믿는다.

나이 드는 두려움
일곱 번째 화요일

교수님은 병마와의 싸움에서 자꾸 졌다. 그가 보지 않을 때 몰래 우는 사람들도 있었다.

그는 평소처럼 용감하게 현실을 받아들이며 그 상황에 맞섰다. 이젠 그가 소변기를 사용할 때 뒤에서 잡아 주기만 하는 것으론 부족했다. 그는 가정부 코니에게 마지막 한계에 이르렀음을 알렸다.

"내 앞에서 소변기를 들어 주는 게 난처할까, 코니?"

코니는 그렇지 않다고 했다. 교수님이 먼저 코니에게 묻는 것은 당연한 일이었다. 어떤 면에서 그것은 병에 완전히 굴복하는 것이었다. 여기에 익숙해지려면 시간이 걸린다는 사실을 그는 인정했다. 이제 그는 가장 개인적이고 기본적인 부분까지 빼앗겼다. 화장실에 가는 것, 코를 푸는 것, 몸의 일부를 씻는 것까지 말이다. 숨쉬기와 음식 삼키기만 제외하면 거의 모든 것을 타인에게 의지했다.

나는 모리 교수님에게 그런 상황에서도 어떻게 긍정적인 태도를 유지할 수 있는지 물어보았다.

"미치, 좀 우습지? 난 독립적인 사람이라서 모든 것에 맞서 싸우는 게 기질에 맞아. 그런데 차에서 부축을 받고 다른 사람의 손을 빌려서 옷을 갈아입어야 하니, 원. 사실 전에는 약간 부끄러웠다네. 우리 문화는 우리에게 볼일을 보고서 스스로 처리하지 못하는 게 부끄러운 일이라고 가르치니까 말이야. 그렇지만 그때 문득 이런 생각이 들더군. '문화가 뭐라고 말하든 그건 잊어버리자. 나는 평생 문화 따위는 무시해 왔던 사람이지 않은가? 난 부끄러워하지 않겠어. 그게 뭐 대수야?' 그런데 정말 이상한 게 뭔지 아나?"

"뭔데요?"

"내가 남에게 의존하는 걸 즐기기 시작했다는 점이야. 이젠 사람들이 나를 옆으로 눕히고 짓무르지 말라고 엉덩이에 크림을 발라 주는 게 즐겁단 말일세. 혹은 눈썹을 닦아 주거나 다리를 마사지해 주는 게 좋아. 난 그걸 만끽하지. 눈을 감고 거기에 빠지는 거야. 그럼 아주 익숙한 일로 여겨지거든."

그는 아주 기분 좋은 듯 말을 이어 나갔다.

"누군가 목욕을 시켜 주고 들어서 안아 주고 엉덩이를 닦아 주니까 마치 아기로 되돌아간 것 같아. 우리 모두 아기가 되는 게 어떤 건지 잘 알잖나. 모두 마음속에 그런 마음을 가지고 있지. 난 그걸 즐기는 방법을 기억해 내고 있는 중이야."

나는 너무도 놀라워서 교수님을 새삼스럽게 다시 쳐다본다.

"어머니는 우리를 안아 주고 흔들어 주고 머리를 쓰다듬어 주었어. 그렇지만 사실 어머니가 아무리 많이 해 줬어도 부족하지. 우리에겐 어떤 식으로든 그 시절로 돌아가길 바라는 마음이 있네. 무조건적인 사랑이나 보살핌을 받던 그 시절로 말일세. 우리 대부분은 충분히 그 애정을 받지 못했지. 나 역시도 충분히 받질 못했다는 걸 알아."

그렇게 말하는 교수님을 보면서 갑자기 깨달았다. 내가 몸을 숙여 그의 마이크를 바로잡아 주거나 그의 몸에 손대는 것을 그가 왜 그리 즐거워했는지 말이다. 일흔여덟 살에, 교수님은 어른으로서 나눠 주는 동시에 아기로서 받고 있었다.

그날 우리는 나이 드는 것에 대해 이야기했다. 아니, 내 입장에서는 나이 드는 것에 대한 두려움에 대해서라고 하는 편이 낫겠다. 그것은 내 세대가 가장 깊게 고민하는 주제이다.

보스턴 공항에서 차를 타고 오면서 젊고 잘생긴 사람들이 그려진 여러 개의 광고판을 보았다. 카우보이모자를 쓴 미남

청년이 삐딱하게 담배를 물고 있는 광고, 젊은 미인 둘이 샴푸 병을 들고서 미소 짓는 광고, 십 대 소녀가 야한 포즈로 청바지 지퍼를 열고 서 있는 광고, 검정색 벨벳 드레스 차림의 섹시한 여인이 턱시도를 입은 남자 옆에서 위스키 잔을 들고 서 있는 광고……. 서른다섯이 넘어 보이는 모델은 단 한 명도 없었다.

나는 모리 교수님에게 정상에 있으려고 필사적으로 버티지만 벌써 언덕을 넘어 내리막길에 들어선 기분이라고 말했다. 먹는 것을 조심하고, 거울 앞에서 머리가 얼마나 벗겨졌는지 점검하고, 젊었을 때는 자랑스럽게 나이를 말했는데 이젠 더 이상 나이 얘기를 꺼내지 않게 되었다고 말이다. 또 직업적으로 인기를 잃을까 봐 사십 줄에 가까워지는 것이 두렵다고도 말했다.

그러나 교수님은 나이 먹는 것을 훨씬 긍정적인 시각으로 바라보았다.

"세상 사람들은 젊음을 강조하지만 난 그렇게 생각하지 않아. 잘 들어 보게. 젊다는 것이 얼마나 처참해질 수 있는지를 나는 잘 알아. 그러니 젊다는 게 무조건 멋지다고는 말하지 말게. 젊은이들은 갈등과 고민, 결핍이라는 느낌으로 늘 시달리고 자신의 인생이 비참하다며 나를 찾아오곤 한다네. 너무 괴로워서 생을 마감하고 싶다면서 말이지."

나는 그의 말을 들으면서 나의 생활을 떠올렸다. 그는 계속 말을 이어 나갔다.

"그런데 많은 젊은이들은 이런 비참함을 겪는 것으로도 모자라 아둔하기까지 하지. 인생에 대해 이해하지도 못해. 세상이 어떻게 돌아가는지를 모르는데 누가 매일 살아가고 싶겠나? 이 향수를 사면 아름다워진다거나 이 청바지를 입으면 섹시해진다고 말하면서 조작해 대는데 바보처럼 그걸 믿다니! 그런 어처구니없는 일이 또 어디 있겠어?"

"교수님은 늙어 가는 것이 두렵지 않으셨어요?"

"미치, 난 나이 든다는 사실을 껴안는다네."

"껴안아요?"

"아주 간단해. 사람은 성장하면서 점점 많은 것을 배우지. 스물두 살에 머물러 있다면 언제나 스물두 살만큼만 알게 될 거야. 나이 드는 것은 단순한 쇠락이 아니라 성장이야. 그것은 곧 죽게 되리라는 부정적인 사실, 그 이상이지. 그것은 죽게 될 거라는 것을 이해하고 그 덕분에 더욱 좋은 삶을 살게 되는 긍정적인 면도 가지고 있다네."

"하지만 나이 먹는 게 그렇게 귀중한 일이라면 왜 모두들 '아, 다시 젊은 시절로 돌아갔으면……' 하고 말하는 걸까요? 누구도 '빨리 예순다섯이 되면 좋겠다.'라고는 하지 않잖아요."

"그게 뭘 반영하는 것인지 아나? 인생이 불만족스럽다는 것을 적나라하게 보여 주는 거야. 성취감 없는 인생, 의미를 찾지 못한 인생 말일세. 삶에서 의미를 찾았다면 더 이상 과거로 돌아가고 싶어 하지 않아. 오히려 앞으로 나아가고 싶어 하지. 더 많은 것을 보고 더 많은 일을 하고 싶어 하게 돼. 아마 예순다섯 살이 되고 싶어 견딜 수 없을걸."

교수님은 미소를 지었다.

"잘 들어 보게. 자네와 젊은 사람들 모두는 나이 먹는 것에 맞서 싸우면 언제나 불행해진다는 걸 알아야 해. 어쨌거나 결국 나이는 먹고 마는 것이거든."

"그렇군요."

"그런데 미치?"

그는 갑자기 목소리를 낮췄다.

"사실 결국엔 자네도 죽게 될 거야."

나는 고개를 끄덕였다.

"자네가 자신에게 뭐라고 얘기하든 끝내 그렇게 될 거야."

"네, 알아요."

"하지만 다행히 아주 오랫동안은 그럴 일이 없겠지."

그가 말했다. 교수님은 평화로운 표정으로 눈을 감고는 머리를 괸 베개를 고쳐 달라고 부탁했다. 평안한 자세를 유지하려면 몸을 괸 쿠션을 계속 이리저리 움직여야 했다. 의자에는 흰 베개와 노란 고무 받침대, 파란 수건이 있었다. 그래서인지

언뜻 보면 교수님은 부치려고 싸 놓은 수화물 같았다.

"고맙네."

내가 베개를 고쳐 주자 그가 속삭였다.

"별것도 아닌데요, 뭐."

"미치, 지금 무슨 생각을 하고 있지?"

나는 잠시 멈칫거리다가 대답했다.

"교수님이 더 젊고 건강한 사람들을 어떻게 부러워하지 않을 수 있는지 궁금해요."

그는 눈을 감았다.

"아니, 부러워한다네. 젊고 건강한 사람들이 피트니스 클럽에 가거나 수영을 하러 갈 수 있는 게 부럽지. 혹은 춤을 추러 가거나 하는 것도 부러워. 그래, 춤추러 갈 수 있는 게 가장 부럽다네. 하지만 부러운 마음이 솟아오르면 난 그것을 그대로 느낀 다음 놔 버리지. 내가 '벗어나기'에 대해 말했던 걸 기억하지? 그렇게 놔 버리는 거야. 그리고 스스로에게 이렇게 말해. '그건 부러운 마음이야. 이젠 이런 마음에서 벗어나야겠다.'라고 말이야. 그런 다음 거기서 걸어 나온다네."

교수님은 목구멍에 탁탁 걸리는 기침을 오래도록 하더니 입에 휴지를 대고 힘없이 침을 뱉었다. 그렇게 앉아 있으면 나는 그보다 훨씬 건강한 기분이 들었다. 교수님을 밀가루 부대처럼 어깨에 둘러멜 수 있을 것 같았다. 아주 이상한 기분이었다. 이런 우월감이 몹시 당황스럽게 느껴졌다. 건강하고 젊은 것 이외에는 다른 어떤 면에서도 모리 교수님에게 우월감을 느끼지 못했기 때문이다.

"어떻게 하면 질투가 나지 않으세요?"

그는 슬며시 웃었다.

"미치, 늙은 사람이 젊은이들을 질투하지 않는 건 불가능한 일이야. 하지만 자기가 누구인지 받아들이고 그 속에 흠뻑 빠져드는 게 더 중요해. 지금 자네는 삼십 대를 살고 있지. 나도 삼십 대를 살아 봤어. 그리고 지금 나는 일흔여덟 살을 맞이했네."

교수님은 갑자기 진지한 표정을 지으며 말을 이었다.

"살아가면서 현재 자신의 인생에 무엇이 좋고 진실하며 아름다운지를 발견해야 하네. 뒤돌아보면 경쟁심만 생기지. 하지만 나이는 경쟁할 만한 문제가 아니거든."

교수님은 숨을 내쉬고 눈을 내리깔았다. 마치 숨이 공중에 퍼지는 모습을 지켜보기라도 하는 것처럼 말이다.

"사실 내 안에는 모든 나이가 다 있네. 난 세 살이기도 하고, 다섯 살이기도 하고, 서른일곱 살이기도 하고, 쉰 살이기도 해. 그 세월들을 다 거쳐 왔으니까 말이야. 나는 그때가 어떤지를 알지. 어린애가 되는 것이 적절할 때는 어린애인 게 즐거워. 또 현명한 노인이 되는 것이 적절할 때는 현명한 어른인 게 기쁘네. 어떤 나이든 될 수 있다는 걸 생각해 보게. 지금 이 나이에 이르기까지 모든 나이가 다 내 안에 있다네. 이해가 되나?"

나는 고개를 끄덕였다.

"내가 다 거쳐 온 시절인데 자네가 있는 그 자리가 어떻게 부러울 수 있겠나?"

돈
여덟 번째 화요일

　나는 교수님이 읽을 수 있도록 눈높이에 맞춰 신문을 들어 드렸다.

　　내 묘비에 "방송망을 소유하지 못했다."라고 쓰여 있지 않길 바란다.

　그는 소리 내어 웃더니 고개를 절레절레 흔들었다. 아침 햇살이 창으로 들어와 그의 등과 창틀에 놓인 분홍빛 히비스커스 화분을 비췄다. 이 기사는 억만장자 언론왕으로 CNN을 설립한 테드 터너가 회사 합병 거래에서 CBS 방송사를 얻지 못한 일을 속상해하면서 한 말이었다.

이날 아침 모리 교수님에게 이 기사를 가져온 이유는, 숨쉬기가 힘들고 몸은 돌처럼 변해 가고 달력에서 하루하루가 지워지는 상황에서 방송사를 소유하는 일 같은 게 진짜로 중요하게 여겨질지 궁금해서였다.

"미치, 이것도 이제껏 말해 온 것과 같은 문제라네. 우리는 엉뚱한 데에 가치를 두고 있지. 그리고 그것은 몹시 환멸스러운 삶으로 우리를 인도하고 있어. 그 문제에 대해서 이야기하고 싶군."

오늘 그는 대화에 집중할 수 있었다. 이즈음에는 컨디션이 좋은 날도 있고 나쁜 날도 있었다. 교수님은 이날 컨디션이 아주 좋았다.

전날에는 그 지역의 아카펠라 그룹이 교수님 댁에 와서 공연을 했다. 교수님은 마치 유명한 아카펠라 그룹인 '인크 스포츠'라도 다녀간 것처럼 흥분해서 그 이야기를 들려주었다.

그는 병이 나기 전에도 음악을 굉장히 좋아했는데 이제는 그 좋아하는 마음이 한층 더 커져서 음악을 들으면서 눈물까지 흘리곤 했다. 교수님은 밤이면 가끔 오페라를 들으며 눈을 감고 그 웅장한 목소리들이 오르내리는 리듬에 몸을 내맡겼다.

"미치, 자네도 어젯밤에 와 준 아카펠라 그룹의 노래를 들어 봐야 했는데. 얼마나 소리가 좋던지 말이야."

교수님은 늘 노래와 웃음, 춤 같은 소박한 즐거움에 도취되는 분이었다. 이제 그 어느 때보다도 그에게 물질적인 것들은 무의미했다. 흔히 죽을 때 "아무것도 가져가지 못한다."라고 말한다. 모리 교수님은 그것을 오래 전에 알았던 듯했다.

"우리 문화는 일종의 세뇌를 하고 있지. 사람들을 세뇌시키려면 계속 같은 말을 반복하게 한다네. 이 나라에서도 그런 식으로 사람들을 세뇌시키고 있어. '물질을 많이 소유할수록 좋다. 돈은 더 많을수록 좋다. 더 많은 것이 좋다! 더 많은 것이 좋다!' 우리는 계속해서 그 말을 반복하지. 또 그 말들이 우리 스스로 그 행동을 반복하도록 만들고 있어. 그러다 결국에는 아무도 다르게 생각할 수가 없게 돼 버리지. 보통 사람은 이 모든 것에 눈이 멀게 되고 그래서 진짜 중요한 게 뭔지 아무도 생각하지 못하게 된다네."

교수님은 내가 자신의 말을 이해하고 있는지 살피며 다음 말을 이어 나갔다.

"사는 동안 어디를 가든 새것을 움켜쥐고 싶어 하는 사람들을 만나게 된다네. 새 차를 사려고 아등바등하고 부동산을 새로 구입하려고 애를 쓰고 최근에 나온 장난감을 움켜쥐고서 그들은 '내가 뭘 가지고 있는지 알아요? 내가 뭘 샀는지 알아요?'라고 자랑하고 싶어 입이 근질근질하지."

나는 갑자기 내 생활이 생각나서 부끄러워졌다.

"내가 그 말들을 어떻게 해석하는지 아나? '이 사람들은 사랑에 너무나 굶주려서 그 대용품들을 마구 받아들이고 있구나. 저들은 물질을 껴안으면서 일종의 포옹 같은 것을 기대하고 있구나.' 하지만 그런 식으로 해서 될 리가 있을까? 물질이 사랑이나 용서, 다정함, 동료애 같은 것을 대신할 수는 없는데 말이야."

나도 모르는 사이에 고개를 끄덕이고 있었다.

"돈이 다정함을 대신할 수는 없네. 그리고 권력도 다정함을 대신할 수는 없지. 분명히 말할 수 있네. 이렇게 앉아서 죽어 갈 때 가장 절실하게 필요한 것은 돈으로도 권력으로도 해결되지 않는다고 말이야. 아무리 돈과 권력이 많아도 이렇게 죽어 가는 데 필요한 감정을 거기서 얻을 수는 없네."

나는 교수님의 서재를 둘러보았다. 첫날 여기 왔을 때와 달라진 것이 없었다. 서가에는 그대로 책이 꽂혀 있었다. 낡은 책상에는 종이가 흩어져 있었고 방 바깥도 손을 보거나 나아진 것이 없었다.

사실 교수님은 새로 사들이는 게 아무것도 없었다. 의료 기구를 제외하면 말이다. 아마 몇 년밖에 살 수 없다는 시한부 선고를 받은 그날 이후로 그는 뭔가를 사는 것에 흥미를 잃어버렸을 것이다. 그래서 텔레비전도, 샬럿이 모는 차도 모두 전과 같은 구형 모델이었다. 또 그릇과 은식기, 수건과 같은 것도 다 이전부터 쓰던 것들이었다.

하지만 집안은 기가 막히게 변했다. 거기에는 사랑과 가르침, 친밀한 관계가 넘쳐 났다. 우정과 가족애, 정직함과 눈물이 넘쳐 났다. 동료, 제자들, 명상 선생님들, 치료사들, 간호사들, 아카펠라 그룹 등이 집을 가득 메웠다. 정말이지 부유한 집안이 되었다. 교수님의 은행 계좌는 빠른 속도로 바닥을 드러내고 있지만 말이다.

"우리 문화 속에서는 우리가 원하는 것과 우리에게 필요한 것 사이에 큰 혼란이 일어나고 있네. 음식은 우리에게 꼭 필요한 것이지만 초콜릿 아이스크림은 우리가 원하는 기호 식품일 뿐이야. 자신에게 정직해야 하네. 최신형 스포츠카는 필요치 않아. 굉장히 커다란 집도 역시 필요 없지."

그는 한참 동안이나 나를 쓸쓸한 시선으로 쳐다보았다.

"사실 그런 것만으로는 만족을 얻을 수 없네. 자네에게 진정으로 만족을 주는 게 뭔지 아나?"

"뭐죠?"

"자네가 줄 수 있는 것을 타인에게 주는 것이네."

"꼭 보이 스카우트 같네요."

"돈 얘기를 하는 게 아니야, 미치. 시간을 내 주고 관심을 보여 주고 이야기를 해 주고…… 그게 생각만큼 어려운 일은 아니라네. 이 부근에 노인 회관이 있는데 그곳에는 매일 수십 명의 노인들이 온다네. 어떤 기술을 가지고 있는 젊은 사람이 그곳에 와서 뭔가를 가르쳐 주면 대환영이지. 자네가 만일 컴퓨터를 아주 잘 다룬다고 해 보자고. 자네가 거기에 와서 노인들에게 컴퓨터를 가르쳐 준다면 그곳 노인들은 대단히 좋아할 거야. 그리고 무척 고마워할 거야. 존경이란 그런 식으로 자기가 가진 것은 내줌으로써 받을 수 있는 것이라네."

"그런 일은 어떻게 시작해야 하나요?"

"찾아보면 그렇게 할 수 있는 곳들은 굉장히 많아. 대단한 재능 따위는 필요 없어. 병원과 보호소에는 말동무가 필요한 외로운 사람들이 아주 많다네. 외로운 노인과 카드놀이를 하면 새롭게 자기에 대한 존경심이 생길 거야. 왜냐하면 누군가 자신을 필요로 하게 되니까 말이야."

"네, 그렇군요."

나는 착한 학생처럼 고개를 끄덕인다.

"의미 있는 삶을 찾는 것에 대해 얘기한 걸 기억하나? 적어 두기도 했지만 암송할 수도 있네. '사랑하는 사람들을 위해서 자신을 바쳐라. 자기를 둘러싼 지역 사회에 자신을 바쳐라. 그리고 자기에게 목적과 의미를 주는 일을 창조하는 데 자신을 바쳐라.'"

교수님은 방긋 웃으며 다음 말을 덧붙였다.

"거기엔 돈 따위가 끼어들 틈이 없다는 걸 알겠지?"

나는 모리 교수님의 말을 노란 편지지에 받아 적었다. 교수님이 내 눈을 보는 것이 싫어서였다. 나는 대학 졸업 후 그가 못마땅해하는 그런 것들, 즉 새 자동차와 커다란 장난감, 더 좋은 집 따위를 추구하며 살았던 일을 교수님한테 들키고 싶지 않았다. 유명하고 돈 많은 운동선수들 사이에서 일하면서 그들에 비하면 나의 욕망은 오히려 현실적이고 소박하다고, 이 정도의 탐욕은 별것 아니라고 확신하면서 살아왔던 내가 아닌가.

그런 내 생각은 연막에 불과했다. 모리 교수님은 그 점을 분명하게 해 주었다.

"미치, 만일 저 꼭대기에 있는 사람들에게 뽐내려고 애쓰는 중이라면 관두게. 어쨌든 그들은 자네를 멸시할 거야. 그리고 바닥에 있는 사람들에게 뽐내려 한다면 그것도 관두게. 그들은 자네를 질투하기만 할 테니까. 어느 계층에 속하느냐 하는 것으로는 해결되지 않아. 열린 마음만이 자네를 모든 사람들 사이에서 동등하게 만들어 줄 거야."

그는 말을 멈추고 나를 바라보았다.

"난 지금 죽어 가고 있어, 맞지?"

"네."

"내가 다른 사람의 고민을 듣는 일을 왜 그렇게 중요하게 여긴다고 생각하나? 내 고통과 아픔만으로도 충분한 이 마당에 말이야. 물론 내 고통만으로도 충분해. 하지만 타인에게 뭔가를 주는 것이야말로 내게 살아 있다는 기분을 느끼게 해 주거든. 자동차나 집은 그런 느낌을 주지 않아. 거울에 비친 내 모습으로는 그런 느낌을 받지 못해. 내가 그들을 위해 시간을 할애할 때, 그들이 슬픈 감정을 느낀 후에 내 말을 듣고 미소 지을 때, 그럴 때의 느낌은 건강할 때의 느낌과 거의 비슷하네."

"그렇군요."

"마음속에서 우러나는 일들을 하게. 그러면 절대 실망하지 않아. 질투심으로 괴로워지지도 않고 말이야. 다른 사람의 것을 탐내지도 않게 되지. 오히려 그들에게 베풀면서 만족감을 느끼게 될 거야."

교수님은 한참 동안 기침을 하고 난 후에 의자에 놓인 작은 종에 손을 뻗었다. 그가 몇 차례 헛손질을 하자 나는 그의 손에 종을 쥐어 주었다.

"고맙네."

그는 이렇게 속삭이고 나서 코니를 부르려고 힘없이 종을 흔들었다.

"이 테드 터너라는 사람 말이야. 정말 자기 묘비에 써 넣을 문장으로 이것 말고 다른 걸 생각할 순 없었을까?"

사랑의 지속
아홉 번째 화요일

웨스트 뉴턴으로 들어가는 길가에 나뭇잎의 빛깔이 바뀌기 시작했다. 차를 몰고 들어가노라면 황금빛과 초록의 풍경화 속으로 빨려 드는 것 같았다.

디트로이트에서는 노동 쟁의가 해결의 실마리를 보이지 않았다. 노사 양측은 대화로 문제를 풀어 가지 못하는 것에 대한 책임을 서로에게 떠넘겼다. 텔레비전 뉴스 역시 실망스러웠다. 켄터키주의 어느 시골 마을에서는 세 사람이 다리 너머로 묘비를 내던져서 지나가던 자동차의 앞 유리가 부서지는 바람에 가족과 함께 순례 여행 중이던 십 대 소녀가 죽었다. 그리고 캘리포니아에서는 O. J. 심슨의 재판이 결론을 향해 치닫고 있었다. 공항에서는 텔레비전 채널을 CNN으로 고정시켜 사람들에게 이 사건의 속보를 알려 주었다. 온 나라가 거기에 빠진 것 같았다.

나는 스페인에 있는 동생과 연락을 하려고 몇 번이나 전화를 걸었다. 진심으로 그와 대화하고 싶고, 우리에 대해 많은 생각을 하고 있다고 메모를 남겨 놓았다. 동생은 몇 주일 후, 모든 일이 잘되고 있으며 미안하지만 병에 대해서는 이야기하고 싶지 않다는 짧은 메모를 남겨 주었다.

그동안 내 노은사의 병은 심해진 정도가 아니라, 병 자체가 아예 그를 침식하는 상황에 이르렀다. 지난번에 다녀온 이후로 간호사가 그의 사타구니 사이에 도뇨관을 삽입시켜서 소변이 튜브를 지나 의자 옆에 놓인 주머니로 들어가도록 해 놓았다. 그의 다리는 계속 운동시켜 줘야 했다. 그리고 다리가 고무 받침대에 딱 맞게 놓이지 않으면 그는 누군가 포크로 찌르는 것처럼 아파했다(루게릭병의 지독한 아이러니 중의 하나는 사지를 움직이지 못하게 된 상황에서도 통증은 여전히 느껴진다는 사실이다).

모리 교수님은 대화 도중에 상대방에게 다리를 들어 달라거나 베개에 편안히 기대도록 머리를 옆으로 해 달라고 부탁하곤 했다. 자기 머리도 마음대로 움직일 수 없는 상황을 상상이나 할 수 있는가?

매번 찾아갈 때마다 교수님의 등뼈는 의자에 점점 녹아드는 듯 굽어 갔다. 그런데도 그는 매일 아침 침대에서 일어나

휠체어를 타고 서재로 가서 책과 노트와 창틀에 놓인 히비스커스 화분에 파묻혀 있고 싶어 했다. 그리고 교수님답게 이런 분위기 속에서 철학적인 뭔가를 발견해 내곤 했다.

"최근에 생각해 낸 아포리즘을 정리해 보았네."

그가 말했다.

"제게도 말씀해 주세요."

"침대에 누워 있는 것은 죽어 있는 것이다."

그는 씩 웃었다. 모리 교수님만이 그런 이야기를 하고서 웃을 수 있을 것이다.

'나이트라인'의 제작진과 테드 코펠이 교수님에게 여러 차례 전화를 걸어왔다.

"여기 와서 인터뷰를 또 하고 싶다는군. 하지만 좀 더 기다려 보고 싶다는데."

"뭘요? 교수님이 마지막 숨을 거둘 순간을 기다린대요?"

"아마도 그렇겠지. 어쨌든 그날이 별로 멀지 않았으니까."

"그렇게 말씀하지 마세요."

"미안하네."

"교수님이 힘이 다 빠질 때까지 기다린다는 그 사람들의 생각이 맘에 거슬려요."

"자네가 나를 위해서 경계를 하니까 더욱더 마음에 걸리는 게지."

그는 미소를 지으며 말을 이었다.

"미치, 그들은 드라마틱한 쇼를 위해 나를 이용하지. 하지만 그것도 괜찮아. 어떤 면에서는 나도 그들을 이용하고 있으니까 말이야. 그들은 내가 하고 싶은 말을 수백만 명에게 하도록 도와주잖나. 그들의 도움이 없었다면 난 그렇게 하지 못했을 거야. 그러니까 이건 일종의 공모라네."

그는 계속 기침을 해 댔다. 오랫동안 목에서 그렁그렁 하는 소리가 나더니 결국 그는 휴지에 침을 뱉어 냈다.

"어쨌거나 너무 오래 기다리지 않는 게 좋을 거라고 말했네. 곧 목소리가 안 나오게 될 테니까. 요놈의 병이 폐까지 올라오면 말을 하지 못하게 될 거야. 지금도 말하는 중간 중간 쉬어야 할 정도니까. 날 만나고 싶어 하는 사람들과의 약속을 이미 많이 취소해 왔네. 난 너무 피곤해서 상대방에게 제대로 주의를 기울이지 못하면 도와줄 수도 없거든."

나는 녹음기를 바라보았다. 교수님에게 남은 귀한 시간을 훔치고 있는 것 같아서 죄책감이 들었다.

"오늘은 그만할까요? 너무 피곤하시죠?"

교수님은 눈을 감고 머리를 흔들었다. 말없이 고통이 지나가기를 기다리는 것 같았다. 마침내 그가 입을 열었다.

"아니, 자네와 나는 계속해야지. 이건 우리의 마지막 논문이 아닌가."

"마지막 논문……."

"이건 제대로 해야지."

대학 시절 우리가 함께 만든 첫 번째 논문이 생각났다. 그것도 역시 모리 교수님의 생각이었다. 그는 내게 우수 논문에 도전할 만하다고 했다. 그것은 내가 전혀 생각하지 못했던 일이었다.

우린 지금 그때와 똑같은 일을 한 번 더 하고 있었다. '죽어 가는 사람이 살아남을 사람과 대화하면서 살아남을 사람이 알아야 할 것들을 말한다.'라는 생각을 가지고서 말이다. 이번 만큼은 서둘러 끝내고 싶지 않았다.

"어제 누군가 내게 흥미로운 질문을 던졌어."

교수님은 내 어깨너머로 벽걸이를 쳐다보면서 말했다. 그 벽걸이는 친구들이 그의 일흔 번째 생일에 손수 바느질해서 만들어 준 퀼트였다. 천 조각 하나하나에 다른 희망의 메시지가 담겨 있었다.

꿋꿋하게 그 길로 계속 가게. 아직 정상에 도달한 건 아니야. 모리, 정신 건강만은 항상 넘버원!

"무슨 질문인데요?"

내가 물었다.

"죽은 후에 잊힐까 봐 걱정스러운지 묻더군."

"음, 실제로는 어떠신가요?"

"꼭 그렇지만은 않은 것 같아. 내게 친밀한 감정을 느끼는 사람들이 참 많네. 그리고 이런 사랑이란 우리가 이 세상을 뜬 후에도 그대로 살아 있기 위한 방법이지."

"꼭 노래 가사 같네요. '사랑은 살아 있기 위한 방법이라네.'"

교수님은 소리 내어 웃었다.

"그럴지도 몰라. 하지만 지금 우리가 하고 있는 모든 것들이 다 그런 게 아닌가? 자넨 집에 돌아가서 내 목소리를 듣지 않나? 아니면 혼자 있을 때나 자동차에서, 어쩌면 비행기에서 말이야."

"그래요."

나는 인정했다.

"그러면 내가 세상을 뜬 후에도 자네는 날 잊지 않을 거야. 내 목소리를 생각하게. 그럼 내가 거기 있을 테니까."

"교수님 목소리를 생각하라고요?"

"그리고 혹시 울고 싶으면 울게. 그것도 썩 괜찮은 방법이야."

대학 시절 모리 교수님은 나를 울게 만들고 싶어 했다.

"언젠가 내가 자넬 울게 할 거야."

교수님은 늘 그렇게 말하곤 했다. 그러면 나는 "네, 그렇게 하세요."라고 대답했다.

"묘비에 뭐라고 적으면 좋을지 결정했네."

교수님이 말했다.

"묘비 얘기 같은 건 듣고 싶지 않아요."

"왜, 마음이 초조해지나?"

나는 어깨를 으쓱했다.

"그럼 그 얘긴 관두지 뭐."

"아니에요. 말씀해 보세요. 뭐라고 쓰실 거예요?"

교수님은 입술을 지그시 깨물고서 대답했다.

"이런 글귀를 생각했네. '마지막까지 스승이었던 이.'"

그는 내가 그 말을 마음에 새길 때까지 기다렸다.

"……마지막까지 스승이었던 이."

"괜찮지?"

"네, 아주 좋은데요."

교수님은 내가 방에 들어설 때마다 항상 환하게 미소를 지어 주었다. 그런 미소를 볼 때마다 나는 기쁨으로 충만해졌다. 교수님은 많은 사람들을 그렇게 맞아 주면서도 각자에게 자기만 그런 환한 웃음을 받는다고 생각하게 만드는 재주를 가지고 있었다.

"야아, 내 친구가 왔군그래!"

그는 나를 보면 늘 밝고 기분 좋은 목소리로 말했다. 그런 태도는 인사할 때에만 국한된 게 아니었다. 교수님은 누구와 함께 있으면 그와 완전히 시간을 공유했다. 그 사람의 눈을 응시하고 세상에 오직 그 사람밖에 없는 것처럼 이야기를 들어 주었다. 매일 아침 처음 만나는 사람이 이런 태도로 대해 준다면 세상 사람들은 훨씬 나은 삶을 살 것이다. 식당 종업원이나 버스 기사, 상사가 투덜대는 꼴 대신에 말이다.

"나는 다른 사람과 온전히 함께하는 시간이 있다고 믿네. 그건 상대방과 정말로 '함께' 있는 것을 뜻해. 지금처럼 자네와 이야기하고 있을 땐 난 계속 우리 사이에 일어나는 일에만 신경을 쓰려고 노력하네. 지난주에 나눴던 이야기는 생각하지 않아. 이번 금요일에 일어날 일에 대해서도 생각하지 않지. 코펠과 인터뷰를 할 일이나 먹어야 하는 약에 대해서도 생각하질 않아. 나는 지금 자네와 이야기를 하고 있어. 오직 자네 생각만 하지."

브랜다이스 대학 시절 교수님이 그룹 과정 시간에 이와 비슷한 것들을 가르치던 게 기억났다. 당시 나는 이런 생각에 콧방귀를 뀌었다.

'주의를 집중하는 법을 배운다고? 대체 그게 얼마나 중요하기에?'

그런데 지금 나는 그것이 대학에서 배운 다른 모든 것보다 더 중요하다는 것을 안다.

모리 교수님이 내 손을 가리키자 나는 죄책감이 밀려드는 기분을 느끼며 손을 내밀었다. 여기 숨을 쉬면서 숫자를 헤아리고 쇠락해 가는 몸을 느끼며 어쩌면 자기 연민에 빠져 살 수도 있는 한 사람이 있다. 그보다 훨씬 사소한 고민을 가진 사람들은 자기 생각에만 빠져서 상대방이 30초가 넘게 이야기를 하면 눈을 딴 데로 돌려 버린다. 벌써 마음속으로는 '친구한테 전화를 걸어야지.', '팩스를 보내야지.', '애인과 만나야지.' 등의 다른 생각을 한다. 그들은 상대방이 이야기를 마칠 때에만 관심을 기울이면서 "그래, 정말이야."라고 거짓으로 관심 있게 듣는 체한다.

"사람들이 너무 서두르는 것도 문제야. 그들은 인생에서 의미를 찾지 못해서 만날 그걸 찾으려고 뛰어다니지. 그 다음에 그들은 타고 다닐 차, 살 집, 들어갈 직장에 대해서 생각해. 그리고 그런 것들 역시 공허하다는 사실을 깨닫게 되면 또 계속 뛰는 거야. 다음 것을 찾아서 말이야."

"일단 뛰기 시작하면 속도를 늦추기가 힘들어요."

내가 말했다.

"하지만 그렇게 어렵지도 않아. 나는 어떻게 하는지 아나? 내가 운전할 수 있었을 때의 얘기이긴 하지만, 누군가 도로에서 내 앞으로 끼어들고 싶어 하면 나는 손을 들어 줬어."

그는 손을 들어 보이려고 했지만 손이 힘없이 툭 떨어진다.

"그렇게 손을 들어 주곤 했어. 마치 안 된다는 손짓처럼 말이야. 그러다가 손을 흔들며 웃는 거야. 그들에게 손가락질을 하기보다는 그냥 앞으로 끼워 주고 웃지."

나는 장난스러운 그의 모습이 눈앞에 보이는 듯해 미소를 지었다.

"그럼 어떻게 되는지 알아? 대부분은 상대방도 나를 따라 미소를 짓더라고. 사실 난 그다지 서둘러서 차를 몰 필요가 없는 사람이야. 내 에너지를 도로에서 쓰느니 차라리 사랑하는 사람들에게 쏟아붓고 싶어."

교수님은 내가 아는 다른 누구보다도 주변 사람들에게 에너지를 퍼붓는 사람이었다. 그와 함께 앉아 있어 본 사람이라면 알 것이다. 끔찍한 이야기를 해 주면 교수님의 눈에 눈물이 어리고 재미있는 이야기를 해 주면 교수님의 얼굴이 기쁨으로 환해지는 것을 볼 수 있다. 그는 언제나 감정을 한껏 펼쳐 보일 준비가 되어 있었다. 그것은 나 같은 베이비붐 세대는 결코 가지지 못한 태도였다.

우리는 상대방과 고작 "무슨 일을 합니까?", "어디에 살지요?" 정도의 대화를 한다. 물건을 팔거나 직원을 고르거나 어떤 지위에 올라가려고 할 때를 제외하면, 진짜로 남의 이야기를 들어 주는 것이 얼마나 귀한 일이 됐는가?

지난 몇 달 동안 모리 교수님을 방문한 사람들은 그에게 자신의 마음을 주려고 온 게 아니라, 그가 주는 마음에 끌려서 찾아왔다. 자신의 고통에도 불구하고 이 조그만 노인은 사람들이 각자의 이야기를 늘어놓으면 기꺼이 귀를 기울여 주었다.

나는 누구나 교수님 같은 아버지가 있었으면 하고 바란다는 이야기를 했다.

"글쎄, 나도 그 부분에 대해서 할 얘기가 좀 있지……."

교수님은 눈을 감았다.

모리 교수님이 아버지를 마지막으로 본 것은 뉴욕의 시체 안치소에서였다. 그의 아버지인 찰리 슈워츠는 브롱크스 트레몬트가에 홀로 나가 가로등 아래에서 신문 보기를 즐기는 조용한 사람이었다.

모리 교수님이 어렸을 때, 매일 저녁 식사를 마친 후 찰리는 산책을 나갔다. 그는 자그마한 러시아 인으로 불그레한 얼굴에 잿빛 머리칼이 덥수룩했다. 모리 교수님과 그의 동생 데이비드는 창밖으로 가로등에 기대어 선 아버지를 내다보곤 했다. 그럴 때면 모리 교수님은 아버지가 집에 들어와서 자기에게 말을 걸어 주길 바랐지만 찰리는 한 번도 그러지 않았다. 그는 자식들을 끌어안지도, 잘 자라고 키스해 주지도 않는 사람이었다.

모리 교수님은 자신이 자식을 낳으면 꼭 그렇게 해 주겠다고 늘 맹세했다. 그리고 나중에 아이들이 생기자 그는 정말로 자식을 끌어안고 키스해 주는 아버지가 되었다.

한편 모리 교수님이 아이들을 키우는 동안에도 찰리는 여전히 브롱크스에 살고 있었다. 그는 여전히 산책을 즐겼고 여전히 가로등 아래에서 신문을 읽었다.

어느 날 밤, 저녁을 먹은 후 찰리는 밖으로 나갔다. 집에서 몇 구역 떨어진 곳에서 강도 둘이 그에게 다가왔다.

"가지고 있는 돈 다 내놔!"

한 명이 그에게 총을 들이대면서 협박했다. 겁에 질린 찰리는 지갑을 던져 주고 뛰기 시작했다. 마구 달려 겨우 친척 집의 계단까지 왔다. 그러나 그는 도착하자마자 현관 앞에 쓰러졌다. 심장마비였다. 그날 밤 그는 죽었다.

모리 교수님은 시신을 확인하러 오라는 전화를 받았다. 그는 뉴욕으로 날아가 시체 안치소로 갔다. 아래층으로 내려가자 시신이 안치된 싸늘한 방이 나왔다.

"부친이 맞습니까?"

직원이 물었다. 모리 교수님은 유리 저편에 있는 시신을 보았다. 그를 꾸짖고 그의 인격을 형성하게 해 주고 그가 일하도록 가르쳐 준 사람. 그에게 말을 걸어 주기를 간절히 바랐을 때조차도 입을 꾹 다물었던 사람. 어머니에 대한 추억을 나누고 싶어 했을 때 어머니에 대한 기억을 삼켜 버리라고 말했던 바로 그 사람이 거기 싸늘하게 식어 있었다. 모리 교수님은 고개를 끄덕인 후에 그 방을 걸어 나왔다. 그는 그 무서운 방이 다른 모든 것을 앗아가 한동안 꼼짝도 하지 못하게 만들었다고 말했다.

그는 며칠 후에야 울음을 터뜨렸다. 그러나 아버지의 죽음은 모리 교수님이 자신의 죽음을 준비하도록 도와주었다. 그는 포옹과 키스, 대화와 웃음과 작별 인사를 못하고 떠나는 일은 없어야 한다고 생각했다. 아버지와 어머니가 그에게 해 주지 못하고 떠나 버린 것들이기 때문에.

마지막 순간이 가까워지자 모리 교수님은 사랑하는 이들을 모이게 해서 이런 것들을 알려 주고 싶었다. 그들이 갑자기 전화나 전보를 받고 자신의 죽음을 알게 하는 일은 없기를 바랐다. 더군다나 춥고 낯선 지하실에서 누군가 유리창으로 자신의 주검을 확인하는 일 따윈 없도록 하고 싶었다.

"매일 밤, 잠자리에 들 때면 나는 죽는다.
그리고 다음 날 아침에 잠에서 깨면 나는 다시 태어난다."
─마하트마 간디

데사나 부족의 이야기

남미에 있는 한 우림 지역에 '데사나'라는 부족이 산다. 이들은 세상의 모든 피조물 사이에 흐르는 에너지의 양은 고정되어 있다고 믿는다. 따라서 모든 탄생은 사망을 이끌고 모든 사망은 탄생을 가져온다. 이런 식으로 세상의 에너지는 동일하게 유지된다.

데사나 부족은 식량을 얻기 위해 사냥할 때 사냥꾼이 죽이는 동물이 영혼의 우물에 구멍을 남긴다고 생각한다. 하지만 그들은 사냥꾼이 죽으면 그의 영혼이 그 구멍을 메운다고 믿는다. 따라서 죽는 사람이 없으면 새나 물고기가 태어나지 않는다고 생각한다.

난 이런 생각이 마음에 든다. 모리 교수님도 데사나 부족 이야기를 마음에 들어한다. 그는 작별 시간이 가까워질수록 우리 모두가 같은 숲에 사는 피조물이라고 더 강하게 느끼는 듯하다.

우린 떠나면서 그 자리를 다시 채워야 한다.

"그건 아주 공평한 일이야."

교수님은 그렇게 말한다.

결혼
열 번째 화요일

이번에는 모리 교수님이 가장 만나고 싶어 하던 사람을 데리고 갔다. 바로 내 아내 제닌이다. 교수님은 내가 찾아간 첫날부터 쭉 "언제 제닌을 만날 수 있지?", "자네 아내를 언제 데려올 거야?"라고 물었다. 하지만 난 계속 이런저런 핑계를 댔다.

다시 교수님을 뵙기 며칠 전에 전화를 걸었다. 모리 교수님이 전화를 받기까지는 시간이 한참 걸렸다. 그리고 통화가 연결됐을 때 누군가 그의 귀에 수화기를 대 주고 있음을 알 수 있었다. 교수님은 직접 수화기를 들지 못할 상태까지 된 것이다.

"여……여보세요."

그는 숨 가쁘게 말했다.

"괜찮으세요, 코치?"

그가 숨을 내쉬는 소리가 전화선을 타고 들려왔다.

"미치, 자네 코치는…… 그다지 멋진 시간을 보내지 못하고 있네……."

교수님은 잠자는 시간이 점점 힘들어지고 있었다. 이제 거의 밤마다 산소가 필요했고 무서울 정도로 기침이 쏟아졌다. 한 번 기침이 시작되면 한 시간도 넘게 계속되어 본인도 기침을 멈출 수 있을지 알지 못할 정도였다.

그는 늘 병이 폐까지 올라오면 죽을 거라고 말했다. 나는 그의 죽음이 가까이 왔음을 깨닫고 두려움을 느꼈다.

"화요일에 뵈러 갈게요. 그때는 한결 좋아지실 거예요."

"미치."

"네."

"거기 자네 부인이 함께 있나?"

그녀는 내 곁에 앉아 있었다.

"전화 좀 바꿔 주게. 그녀의 목소리를 듣고 싶구먼."

나는 나보다 훨씬 상냥한 여성과 결혼하는 축복을 누렸다. 아내는 모리 교수님과 모르는 사이면서도 수화기를 건네받았다. 나 같으면 고개를 흔들면서 "나 여기 없다고 해요. 난 여기 없는 거예요!"라고 속삭였을 텐데 말이다.

그리고 1분쯤 후, 그녀는 내 노은사가 마치 자기 대학 때 교수님인 것처럼 다정한 사이가 되었다. 들리는 소리는 그저 "네에…… 그이한테 말씀 많이 들었어요…… 아, 감사합니다……" 정도였지만 둘 사이의 교감을 느낄 수 있었다.

전화를 끊고서 그녀는 말했다.

"여보, 다음번 교수님을 찾아뵐 때 나도 함께 갈 거예요."

그리고 정말 그렇게 되었다.

우리는 교수님의 서재에 앉아 있었고 그는 뒤로 젖혀지는 의자에 쑥 들어가 앉아 있었다. 교수님은 악의 없이 시시덕거렸고 기침을 하거나 변기를 쓰려고 말을 멈추는 동안에는 함께 있는 제닌을 위해 힘을 비축하는 듯했다. 교수님은 제닌이 가져간 우리의 결혼사진을 보았다.

"디트로이트 출신인가요?"

모리 교수님이 물었다.

"네."

제닌이 대답했다.

"1940년대 후반에 디트로이트에서 1년간 가르친 적이 있는데 그때 있었던 재미있는 일이 기억나는군요."

교수님은 말을 잠시 멈추고 코를 풀었다. 그가 손을 더듬거리자 내가 휴지를 코에 대 주었고 그는 힘없이 코를 풀었다. 자동차 뒷자리에서 엄마가 아이에게 해 주는 것처럼 나는 휴지로 그의 콧구멍을 가볍게 눌렀다가 떼 냈다.

"고맙네, 미치."

교수님이 제닌을 보며 말했다.

"이 친구도 날 도와주는 팀에 소속돼 있어요."

그녀는 생긋 웃었다. 모리 교수님은 말을 이었다.

"아무튼 내 이야기를 하지요. 우리 대학에 사회학자 그룹이 하나 있었는데 우리는 다른 교직원들과 포커 판을 벌이곤 했어요. 포커 멤버 중에는 외과 의사인 친구도 한 명 끼어 있었는데, 어느 날 밤 포커 판이 끝나자 그가 말했어요. '모리, 당신이 수업하는 걸 좀 구경하고 싶은데.' 그래서 난 좋다고 했어요. 그래서 그는 내 수업 시간에 들어와 내가 학생들에게 강의하는 걸 지켜봤지요."

제닌은 호기심으로 눈을 반짝이면서 교수님의 얘기를 들었다.

"강의가 끝나자 그 친구가 말했어요. '그럼 이제 당신이 와서 내가 일하는 걸 보겠소? 오늘 밤에 수술이 있는데.' 나는 그에게 보답하고 싶은 마음에 그러겠다고 했어요."

교수님은 신이 나는지 상기된 얼굴로 다음 말을 계속했다.

"그는 병원으로 날 데려갔어요. 소독하고 마스크를 쓴 다음 수술복을 입으라는 그의 말대로 하고서 나는 그를 따라 수술대로 갔어요. 나는 그 친구 옆에 서 있었지요. 수술대에는 여자 환자가 허리 아랫부분을 벗은 채 누워 있었어요. 그 친구가 메스를 들고 살을 쭉 찢는데, 아이고!"

교수님은 손가락을 들고 돌아 버리겠더라는 표시로 머리 위에 원을 그리며 덧붙였다.

"나는 기절할 것만 같았어요. 사방에 피가 튀었어요. 맙소 사! 내 곁에 있던 간호사가 내게 '왜 그러십니까, 닥터?'라고 물었어요. 그러자 난 쏘아붙였어요. '난, 빌어먹을 놈의 닥터 가 아니오! 당장 여기서 내보내 주시오!'"

우리는 소리 내어 웃었고 교수님도 함께 웃었다. 제한된 호 흡이 허락하는 만큼만 마음껏 소리 내어 웃었다. 교수님이 이 런 이야기를 한 것은 몇 주일 만에 처음이었다. 다른 사람이 고통스러운 것을 보고 기절할 뻔했던 그가 이제는 자신의 병 을 잘 견디고 있으니 신기하다는 생각이 들었다.

코니가 노크를 하고 들어와서는 교수님의 점심 식사가 준 비됐다고 말했다.

나는 그날 아침 '빵과 서커스'에서 당근 수프와 야채 케이 크, 그리스식 파스타를 사 갔지만 교수님의 점심 식사는 그런 게 아니었다. 난 가장 부드러운 음식을 사려고 애썼지만 그래 도 씹어 넘기기 힘든 그에게 그것들은 너무나 질겼다. 그는 주 로 유동식을 먹었다. 소화되기 쉽게 밀기울을 걸쭉한 죽으로 만든 것 같은 음식이어야만 했다. 이제 샬럿은 모든 음식을 블렌더에 갈아서 즙을 만들었다. 교수님은 빨대로 음식을 빨아 먹었다.

그래도 나는 매주 가게에 들러서 음식을 잔뜩 사 들고 가서는 봉지를 교수님께 보이곤 했다. 냉장고를 열면 음식 그릇이 넘쳐 났다. 어느 날 우리가 진짜 점심 식사를 함께하던 시절로 되돌아가서 교수님이 입가로 음식이 흘러나오는 것도 모르고 신나게 얘기하는 그런 시간이 온다면 얼마나 좋을까? 나는 그런 마음으로 자꾸 음식을 사 날랐던 것 같다. 그러나 그것은 턱없는 소망이었다.

"제닌."

교수님이 말했다. 그녀가 미소를 지었다.

"참 아름답군요. 나한테 손을 줘 봐요."

아내는 손을 내밀었다.

"미치 저 친구 말로는 제닌이 직업 가수라고 하더군요."

"네, 그래요."

"대단히 훌륭하다던데."

"어머나!"

그녀는 소리 내어 웃었다.

"아니에요. 그렇지 않아요."

교수님은 눈을 치뜨고서 말했다.

"나를 위해 한 곡만 불러 주겠어요?"

그녀와 알게 된 이후 나는 늘 사람들이 그녀에게 노래를 청하는 것을 봐 왔다. 제닌이 직업 가수라는 것을 알면 사람들은 "우리를 위해 한 곡 불러 줘요."라고 말했다. 자기 재능을 뽐내기가 쑥스럽고 또 노래할 상황을 완벽하게 준비하는 그녀였기 때문에 제닌은 사람들의 부탁을 들어주는 법이 없었고 늘 예의를 차리며 거절하곤 했다. 지금도 난 그런 상황을 예상했다. 그런데 그녀가 갑자기 노래를 부르기 시작했다.

"당신 생각을 하기만 하면
나는 누구나 하는 당연한 일도 잊고 말지요……"

레이 노블이 작사한 1930년대 노래였다. 제닌은 모리 교수님을 바라보면서 부드럽게 노래를 불렀다. 나는 다시 한번 놀랐다. 사람들이 걸어 잠근 감정을 모리 교수님은 얼마나 자연스럽게 바깥으로 끌어내는가.

그는 두 눈을 꼭 감고 곡조에 빠져들었다. 내 아내의 사랑스런 목소리가 방 안에 흘러넘치자 교수님의 얼굴에 초승달 같은 미소가 떠올랐다. 비록 몸은 샌드백처럼 굳었지만 그가 그 몸 안에서 자유롭게 춤추고 있다는 것을 누구라도 느낄 수 있었다.

"어떤 꽃에서든 당신의 얼굴을 봅니다.

하늘의 별 속에 당신 눈이 있고요.

당신 생각을 하면

당신 생각만 떠올리면

내 사랑……."

노래가 끝나자 그는 눈을 떴다. 그의 뺨에 눈물이 흘러내렸
다. 오랜 세월 동안 아내의 노래를 들어 왔지만 그때처럼 노래
하는 것은 처음 보았다.

　　　결혼……. 내가 아는 거의 모든 사람들은 결혼 문제
로 시달렸다. 누구는 결혼하느라 골치를 앓고 또 누구는 이혼
하느라 골치를 앓으며 우리 세대는 늪에 사는 악어와 씨름하
듯 '구속'이라는 것과 실랑이를 벌이는 듯했다.

결혼식에 참석해서 신랑 신부를 축하해 주었는데 몇 년 후
어느 레스토랑에서 그 신랑이 젊은 여자랑 앉아 있는 것을
목격하는 일이 다반사였다. 그는 내게 그 여자를 친구라고 소
개하면서 "자네도 알지, 우리 부부는 이런저런 이유로 별거
중이라네."라는 말들을 늘어놓았다.

우린 왜 그런 문제를 가지고 있는 걸까? 모리 교수님에게
그에 대해 물었다.

나는 제닌과 7년이나 사귄 끝에 청혼을 했다. 결혼하기까지

그렇게 주저했던 것은 내 또래가 앞 세대보다 신중해서일까, 아니면 단순히 이기심이 많아서일까?

"난 자네 세대가 안쓰럽네. 이런 문화 안에서 다른 사람과 사랑하는 관계에 빠지기란 참으로 힘들지. 왜냐하면 문화가 우리를 그렇게 이끌어 주지 않으니까 말이야. 요즘 가여운 젊은이들은 너무 이기적이어서 진심으로 사랑하지 못하든가, 아니면 성급하게 결혼하고는 대여섯 달 후에 이혼을 하든가 둘 중 하나를 택하네. 그들은 상대방이 뭘 원하는지를 몰라. 하긴 자기가 진정 누구인지도 모르니 결혼하려는 사람이 어떤 사람인지 어떻게 알겠나?"

그는 한숨을 내쉬었다. 모리 교수님은 교수 생활을 하면서 많은 불행한 연인들에게 카운슬링을 해 주었다.

"사랑이라는 건 참으로 중요한데 이런 상황은 얼마나 슬픈 일인가? 특히 나처럼 건강하지 못한 처지가 되면 사랑하는 사람이 얼마나 중요한지 잘 알게 돼. 물론 친구도 좋지만, 밤에 기침을 쏟아 내느라 잠을 이루지 못할 때 밤새 함께 있어 주면서 위로해 주고 도와주려고 애쓰는 사람들은 가족 밖에 없지."

샬럿과 모리 교수님은 학생 시절에 만나서 44년 동안 부부로 함께 살아왔다. 샬럿이 약을 먹어야 한다고 알려 주거나 교수님의 목을 주물러 주고 아들 이야기를 할 때 나는 이 부부가 함께 있는 것을 봐 왔다. 그들은 마치 조화로운 한 팀과 같았다. 그들은 힐끗 보기만 해도 상대방이 무슨 생각을 하는지를 알았다.

샬럿은 남편보다도 개인적인 생활을 좋아했다. 모리 교수님이 그런 아내를 얼마나 존중하는지 난 잘 알았다. 이따금 대화할 때 교수님은 "그 일을 밝히면 샬럿이 언짢아할지 몰라."라면서 종종 대화를 마무리 짓곤 했다. 모리 교수님이 말을 하다가 뒤로 빼는 경우는 오직 그때뿐이었다.

"살면서 결혼에 대해 많이 배웠지. 그건 시험을 치르는 것과 같아. 자기가 누구인지, 상대방은 누구인지, 둘이 어떻게 맞춰 갈 건지 탐색해 가는 과정이라고 할 수 있어."

"결혼 생활을 제대로 하기 위해서 알아야 할 규칙 같은 게 있나요?"

모리 교수님은 미소를 지었다.

"그렇게 간단한 게 아니라네, 미치."

"네, 저도 알아요."

"하지만 사랑과 결혼에 대해서 진실이라고 할 만한 몇 가지 규칙은 있지. 가령 '상대방을 존중하지 않으면 그들 사이에 큰 문제가 닥칠지도 모른다.', '타협하는 방법을 모르면 문제가 커진다.', '두 사람 사이에 일어나는 일을 터놓고 이야기하지 못하면 더 큰 문제가 생긴다.' 그리고 '인생의 가치가 서로 다르면 엄청난 문제가 생긴다.' 등이 있다네. 그래서 두 사람의 가치관은 비슷한 게 좋아."

"그렇군요."

"그런데 미치, 그 가운데 가장 중요한 건 무엇이라고 생각하나?"

"음, 교수님은 뭐라고 생각하세요?"

"바로 결혼이라는 것의 '중요성'을 믿는 것이라네."

교수님은 코를 훌쩍이더니 잠시 눈을 감았다. 자신의 결혼과 삶, 사랑에 대해 회상하는 듯했다.

"나는 개인적으로 결혼이 정말 중요하다고 생각해. 그리고 결혼하려고 노력하지 않는 사람은 인생에서 엄청난 걸 놓치고 있다고 생각하네."

교수님은 눈을 감은 채 숨을 내쉬었다. 그는 기도문처럼 믿는 시 구절을 인용하는 것으로 결혼에 대한 이야기를 정리했다.

"서로 사랑하지 않으면 멸망하리."

하느님이 심하셨다

"저, 여쭤 볼 게 있어요."

나는 모리 교수님에게 묻는다. 그는 앙상해진 손으로 목에 걸린 안경을 잡는다. 힘겨운 숨소리와 함께 안경을 코에 걸친다.

"질문이 뭔가?"

"「욥기」를 기억하시죠?"

"성경의 「욥기」 말인가?"

"네. 욥은 착한 사람이지만 하느님은 그에게 고초를 겪게 하죠. 그의 믿음을 시험해 보려고요."

"기억나네."

"하느님은 그가 가진 모든 것들을 앗아가지요. 그의 집, 돈, 가족, 명예, 권력……."

"그의 건강도."

"네, 그를 아프게 만들지요."

"믿음을 시험해 보려고 말이지."

"맞습니다. 믿음을 시험해 보려고요. 그래서 제가 궁금한 것은……."

"그래, 자네가 궁금한 게 뭔가?"

교수님은 내가 뭘 묻고 싶은지 무척 궁금하다는 듯 나를
쳐다보며 묻는다.

　"교수님은 이 이야기에 대해 어떻게 생각하세요?"

　내 말이 끝나기가 무섭게 그는 심하게 기침을 해 댄다. 떨리
는 손이 힘없이 아래로 떨어진다.

　"내 생각에는…… 하느님이 너무 심하셨네."

　교수님이 슬며시 웃으며 말한다.

우리의 문화
열한 번째 화요일

"힘껏 치세요."

나는 교수님의 등을 때린다.

"더 세게!"

나는 더 힘껏 내려친다.

"어깨 부근을 때리고…… 이젠 더 아래로 내려가세요."

파자마 바지 차림의 교수님은 베개를 베고 입을 벌린 채 침대에 모로 누워 있다. 물리 치료사는 내게 그의 폐에서 독을 빼내는 방법을 가르쳐 주고 있었다. 폐가 굳지 않게 하고 그가 계속 숨을 쉬도록 하려면 정기적으로 그렇게 쳐 줘야 했다.

"내가…… 알기론…… 자넨…… 옛날부터…… 날 때리고 싶어 했잖아……"

그는 숨차하며 말한다.

"네."

나는 석고처럼 하얀 등판을 주먹으로 탁 때리면서 교수님에게 농담을 했다.

"이건 2학년 때 B 학점을 주신 보답이고요!"

우리 모두 웃음을 터뜨린다. 악마가 가까이에 있을 때 나오는 초조한 웃음소리였다. 이것이 교수님이 죽음 직전에 마지막으로 하는 유연체조라는 사실을 우리 모두 몰랐다면 참 재미있는 광경이었을 것이다. 이제 그의 병세는 악화되어 곧 두 손을 들어야 하는 지점에 가까이 와 있었다. 교수님은 질식해서 죽을 거라고 예상했고 나는 그렇게 처참하게 그를 보내는 것을 상상조차 할 수 없었다. 이따금 그는 눈을 감고서 입과 코로 공기를 들이쉬려고 애썼다. 그럴 때면 무거운 닻이라도 들어 올리는 것처럼 힘겨워 보였다.

바깥은 재킷을 걸쳐야 하는 계절로 접어들었다. 10월 초순, 웨스트 뉴턴 부근의 잔디밭에 낙엽이 쌓였다. 전에 나는 물리치료사나 간호사, 전문 치료사들이 아침 일찍 와서 교수님을 돌봐 드릴 때 양해를 구하고 바깥으로 나왔다.

하지만 몇 주일이 흐르면서 우리가 함께할 시간이 쑥쑥 빠져나가 버리자 나는 점점 어색함에서 벗어나기 시작했다. 그리고 나도 거기 있고 싶었다. 모든 것을 지켜보고 싶었다. 평소의 나와는 다른 태도였지만 교수님 댁에서 마지막 몇 달 동안 일어난 일은 절대 평범한 것이 아니었기 때문이다.

그래서 나는 치료사들이 그를 침대에 눕히고 갈비뼈 뒤쪽을 두드리면서 속에 걸린 것이 풀어지는 느낌이냐고 묻는 과정 모두를 지켜보았다. 치료사가 휴식을 하면서 나에게도 해 보고 싶으냐고 묻자 나는 그렇다고 대답했다. 모리 교수님은 베개에 머리를 묻고 씩 웃었다.

"너무 세게 치지 말게. 난 노인이라고!"

물리 치료사의 지시에 따라 이리저리 옮겨 다니며 교수님의 등과 옆구리를 두드렸다. 나는 교수님이 어떤 상황에서든 침대에 누워 있어야 한다는 사실이 마음에 들지 않았다. 그의 마지막 아포리즘인 "침대에 누워 있는 것은 죽어 있는 것이다."라는 말이 생각나서 더더욱 싫었다.

작은 체구가 잔뜩 움츠리고 누워 있는 모습은 어른이 아니라 꼭 어린아이 같았다. 창백한 피부, 흩어진 백발, 힘없이 늘어진 팔다리…… 우리가 긴 시간을 투자해 가며 역기를 들고 윗몸일으키기를 하여 근육질의 몸매를 만들어 놔도 결국 자연은 우리에게서 건장한 몸을 빼앗아 간다는 생각이 들었다. 뼈 주변의 헐렁한 살에 손이 닿는 느낌이란…….

나는 치료사의 지시대로 힘껏 등을 내리쳤다. 사실은 교수님의 등이 아니라 사방의 벽에 주먹질을 하고 싶은 마음이었다. 그러나 나는 교수님의 등만 하염없이 때리고 있었다.

"미……치?"

모리 교수님이 날 불렀다. 내가 등을 때리기 때문에 수동
착암기 소리처럼 덜덜 떨리는 목소리가 나왔다.

"네?"

"어, 언제…… 내, 내가…… 자네에, 에게…… B 학점을 줘
었지?"

🌸 모리 교수님은 성선설을 신봉했다. 하지만 사람들이
어떻게 변할 수 있는지 그도 잘 알았다. 그날 나중에 그는 이
렇게 말했다.

"사람들은 대개 위협당할 때 형편없이 변하게 되네. 그런데
지금 우리가 살고 있는 문화나 경제와 같은 것들이 사람들을
협박하거든. 우리 경제 제도 안에서는 직장을 가진 사람들까
지도 위협을 느끼지. 언제 직장을 잃을지 모르니까 걱정이 되
어서 말이야. 그리고 사람은 위협받기 시작하면 자기만 생각
하기 시작하네. 돈을 신처럼 여기게 되는 거야. 그게 다 우리
문화의 속성인 거지."

그는 숨을 내쉬고 덧붙였다.

"그래서 난 문화라는 걸 중요하게 생각하지 않아."

나는 고개를 끄덕이며 교수님의 손을 살며시 쥐었다. 이제

우리는 손을 잡고 있는 때가 많았다. 이 또한 내게는 커다란 변화였다. 예전 같으면 당황스럽거나 쑥스러웠을 일들이 이제는 평범한 일이 되었다.

도뇨관에 연결된 교수님의 소변 주머니도 그랬다. 초록빛 소변이 든 주머니는 그의 의자 다리 옆, 그러니까 내 발 근처에 놓여 있었다. 몇 달 전만 해도 나는 이런 상황을 꺼렸을 테지만 이제는 아무렇지 않았다.

교수님이 변기를 사용한 이후 방에서 나는 쾌쾌한 냄새 역시도 마찬가지였다. 그는 필요할 때마다 이 방에서 저 방으로 옮겨 가는 호사를 누리지 못했다. 또 화장실에 들어가서 문을 닫고 혼자 일을 본 후 방향제를 뿌리는 호사도 누리지 못했다. 교수님에게 남아 있는 건 침대와 의자 그리고 거의 끝나가는 생명뿐이었다. 그런 상황에 처한다면 나라고 좋은 냄새를 풍길 재주가 있을까?

"내 말은 스스로 새로운 문화를 만들어 내야 한다는 뜻이네. 물론 사회의 규칙을 모두 다 무시하라는 건 아니야. 예를들면, 나는 벌거벗은 채 돌아다니지도 않고 신호등이 빨간 불일 때는 반드시 멈춘다네. 작은 것들에는 순종할 수 있지. 하지만 어떻게 생각할지, 어떤 가치를 중요하게 여길지 등과 같이 커다란 줄기에 관한 것들에 대해서는 스스로 결정을 내려야 하네. 다른 사람이나 사회가 우리 대신 그런 사항을 결정하게 내버려 두면 안 돼."

그는 숨이 찬지 긴 숨을 내쉬고 말을 이어 갔다.

"나를 보게. 지금쯤 나는 당황해서 쩔쩔매야겠지. 내 발로 걷지도 못하고 내 손으로 엉덩이를 닦을 수도 없어. 어느 날 아침에 일어나면 정말로 울고 싶어지네. 그런데 거기에는 본 원적으로 당황해하거나 부끄러워할 것이 없어."

난 새삼스레 교수님이 대단하다는 생각이 들었다.

"모든 여자들이 날씬하지 않은 것이나 모든 남자들이 부자가 아닌 것도 마찬가지야. 그런 건 문화가 우리에게 중요하다고 강요한 것들일 뿐이야. 이들 역시도 절대로 믿지 말게."

나는 교수님에게 더 젊었을 때 왜 다른 곳으로 떠나지 않았느냐고 물었다.

"어디로 말이지?"

"음, 남미나 뉴기니나…… 미국처럼 이기적이지 않은 곳으로요."

"어떤 사회든 나름대로의 문제는 안고 있지."

그가 눈을 치뜨는 모습이 마치 어깨를 으쓱하는 것 같았다. 교수님은 계속해서 말했다.

"달아난다고 해서 해결될 일이 아니라고 생각하네. 지금 서 있는 곳에서 자기의 문화를 창조하려고 노력해야지. 어디에 서든 우리 인간의 가장 큰 단점은 근시안이야. 우리는 어떻게 될지를 바로 보지 못해. 우리의 잠재력을 가능한 만큼까지 쭉 쭉 뻗어 나가질 못하지. 또 '난 내 것을 갖고 싶다.'라고 욕심 내는 사람들이 많아지면 결국 몇몇이 모든 것을 차지하게 돼. 그러면 가난한 사람들이 들고일어나고 말이야. 그렇게 되면 가진 자는 자기 것을 훔쳐 가지 못하도록 군대를 써서 그것을 막게 되지."

모리 교수님은 내 어깨너머로 창문을 바라보았다. 어떤 때 는 트럭이 지나가는 소리나 바람 소리가 들려왔다. 그는 잠시 창밖으로 이웃집들을 바라보다가 말을 이어 나갔다.

"미치, 우리가 서로 비슷하다는 사실을 믿지 않는다는 게 문제라네. 백인과 흑인, 천주교 신자와 개신교 신자, 남자와 여 자, 모두 다 똑같아. 서로 비슷하다는 점을 안다면 우리 모두 는 이 세상의 인류라는 대가족에 합류하고 싶을 거야. 그래서 지금 우리가 가족을 돌보는 것처럼 인류라는 대가족을 서로 돌보고 싶어질 거야."

난 말없이 그의 말에 온전히 정신을 집중하고 있었다.

"내 말을 믿게. 죽어 가고 있을 때는 사람들이 모두 다 같 다는 게 참말임을 알게 되네. 우리 모두 출생이라는 걸로 똑 같이 시작하지. 그리고 똑같이 죽음으로 끝나네. 그런데 뭐가 그렇게 다르다는 거야? 인류라는 대가족에 관심을 가져야 하 네. 사람들에게 애정을 쏟게. 자네가 사랑하고 자네를 사랑하는 작은 공동체를 세우란 말일세."

그는 내 손을 가만히 쥐었다. 나는 더 세게 교수님의 손을
잡았다. 마치 망치를 힘껏 내려치고 원반이 얼마나 올라가는
지 지켜보는 축제 행사처럼 나는 내 체온이 그의 가슴과 목
을 지나 뺨과 눈으로 전달되는 것을 보았다. 교수님은 싱긋 웃
었다.

"우리가 아기로 삶을 시작할 때는 누군가 우릴 돌봐 줘야
생명을 유지할 수 있어. 그리고 나처럼 아파서 삶이 끝나 갈
무렵에도 누군가 돌봐 줘야 생명을 유지할 수 있어. 그렇지 않
은가?"

그의 목소리가 작게 사그라졌다.

"여기에 비밀이 있네. 아이 때와 죽어 갈 때 이외에도, 즉
살아가는 시간 내내 사실 우린 누군가가 필요하네."

그날 오후 늦게 코니와 나는 텔레비전으로 O. J. 심
슨이 판결받는 장면을 보았다. 사건 당사자 전원이 배심원과
마주 선 긴장된 순간이었다. 파란 양복 차림의 심슨은 변호사
군단에 둘러싸여 있었고 그를 감옥에 처넣고 싶어 하는 검사
단도 몇 걸음 떨어진 곳에 있었다. 배심원장이 "무죄!"라고 판
결문을 읽자 코니가 비명을 질렀다.

"하느님 맙소사!"

심슨이 변호사들과 포옹하는 광경을 지켜보았다. 기자들은 이 판결이 의미하는 바를 설명했다. 법정 바깥 거리에서 흑인들은 축하를 했고 백인의 무리들은 레스토랑에서 넋을 잃고 앉아 있었다. 매일 살인 사건이 일어나지만 이번 판결은 대단히 중요하게 받아들여졌다. 그만하면 충분히 봤다고 생각하면서 코니는 복도로 나갔다.

그때 서재 문이 닫히는 소리가 들렸다. 나는 텔레비전을 멍하니 바라보았다.

"세상 사람들 모두가 이 장면을 보는데……."

나는 혼잣말로 중얼댔다. 그런데 저 방에서 교수님을 의자에서 일으키느라 버스럭대는 소리가 들렸다. 나는 미소를 지었다. 세기의 재판이 드라마틱한 결론에 이를 때 내 노은사는 변기에 앉아 있었다.

2등이면 어때

1979년의 어느 날 브랜다이스 대학 체육관에서는 학과 대항 농구 경기가 벌어지고 있다. 우리 팀이 기선을 잡자 학생들은 한목소리로 응원 구호를 외친다.

"1등은 우리 것! 1등은 우리 것!"

모리 교수님은 부근에 앉아 있다. 그는 이 구호에 어리둥절한 표정이다. "1등은 우리 것!" 하고 외치는 중간에 그는 벌떡 일어나서 소리친다.

"2등이면 어때."

학생들이 그를 바라본다. 그들은 구호 외치는 것을 멈춘다. 교수님은 앉아서 승리에 찬 미소를 짓고 있다.

코펠의 마지막 인터뷰

'나이트라인'의 제작진이 세 번째이자 마지막으로 모리 교수님을 찾아왔다. 이번에는 인터뷰 방향이 완전히 달랐다. 인터뷰라기보다는 일종의 작별 인사 같은 것이었다.

코펠은 오기 전에 몇 차례나 전화를 걸어서 "인터뷰할 수 있으세요?"라고 물었다. 모리 교수님도 확신할 수는 없었다.

"요즘은 늘 피로해요, 테드. 그리고 숨이 막힐 때도 많고요. 내가 말을 잇지 못하면 당신이 대신 말을 이어 주겠소?"

코펠은 그러겠다고 했다. 냉철하고 이지적이고 자제심이 강한 이 앵커맨은 이렇게 덧붙였다.

"모리, 내키지 않으면 안 하셔도 됩니다. 그저 제가 찾아가서 작별 인사를 드리고 싶었을 뿐입니다."

조금 있다가 교수님은 장난스러운 웃음을 흘리면서 말했다.

"그 친구, 점점 좋아진단 말이야."

모리 교수님은 이제 코펠을 '친구'라고 불렀다. 내 노은사는 방송계의 공감까지도 끌어냈던 것이다.

금요일 오후에 인터뷰를 하면서 그는 전날 입었던 셔츠를 그대로 입었다. 이즈음에 교수님은 이틀에 한 번씩 셔츠를 갈아입었는데 이날은 갈아입는 날이 아니었다. 인터뷰 때문에 안 하던 일을 할 필요는 없다는 것이 바로 모리 교수님다운 생각이었다.

두 차례의 인터뷰 때와는 달리 이번에는 교수님의 서재에서만 인터뷰가 진행됐다. 교수님이 의자에 붙박이가 되어 버린 그곳에서 말이다. 코펠은 내 노은사를 보자 키스를 했다. 그때 그는 카메라 렌즈에 잡히도록 책장 사이를 비집고 들어가야 했다. 인터뷰가 시작되기 전에 코펠은 교수님에게 병세에 대해 물었다.

"병세가 얼마나 진행되었습니까, 모리?"

교수님은 힘없이 손을 들어 배 가운데에 놓았다. 그 정도밖에 손을 들 수가 없었다. 코펠은 대답을 들은 셈이었다.

카메라가 돌아갔다. 세 번째이자 마지막 인터뷰였다. 코펠은 죽음이 가까이 다가오니 더 두렵냐고 물었다. 교수님은 그렇지 않다고 대답했다. 솔직히 말하면 두려움이 덜해졌다고 말했다. 외부 세계를 조금씩 손에서 놓고 있다고 덧붙였다. 요즘은 다른 사람들에게 별로 신문을 읽어 달라고 하지 않고, 우편물에도 신경 쓰지 않으며, 대신 음악을 더 많이 듣고 창밖의 나뭇잎 색깔이 변하는 것을 지켜본다고 대답했다.

루게릭병을 앓는 사람들이 자신 외에도 여럿 있음을 그는 알고 있었다. 그중에는 뛰어난 물리학자 스티븐 호킹 같은 유명 인사도 있었다. 호킹은 목에 구멍을 뚫고 살면서 컴퓨터 신시사이저로 대화를 했고 눈을 깜박이면 센서가 그 움직임을 읽어 글자를 타이핑했다. 그것은 놀라운 일이었지만 우리 교수님은 그런 식으로 살고 싶어 하지는 않았다. 그는 코펠에게 자신이 언제 작별 인사를 할 시간이 올지 안다고 말했다.

"테드, 내게 살아 있다는 건 다른 사람에게 반응할 수 있다는 걸 의미해요. 내 감정과 느낌을 보여 줄 수 있다는 것을 뜻하지요. 사람들과 대화하고 그들과 함께 느끼는 것이죠."

그는 숨을 몰아쉬고 나서 덧붙였다.

"그런 게 없어지면 모리라는 사람은 없어지는 거예요."

그들은 친구처럼 이야기했다.

전에 했던 두 번의 인터뷰에서 그랬듯이 테드는 엉덩이를 닦는 문제에 대해 물었다. 아마 유머러스한 대답을 기대했을 것이다. 하지만 교수님은 너무 피곤해서 웃지도 못했다. 그는 고개를 가만히 저을 뿐이었다.

"변기통에 앉을 때 이젠 똑바로 앉아 있을 수가 없어요. 누군가 내 몸을 잡아 줘야 해요. 볼일을 마치면 누군가 내 엉덩이를 닦아 줘야 하고요. 상황이 여기까지 와 버렸군요."

모리 교수님은 코펠에게 평안히 죽고 싶다고 말했다. 그리고 최근에 생각해 낸 아포리즘을 말해 주었다.

"너무 빨리 떠나지 말라. 하지만 너무 늦게까지 매달려 있지도 말라."

코펠은 가슴 아파하며 고개를 끄덕였다. 첫 번째 '나이트라인' 인터뷰부터 이번 인터뷰까지 겨우 6개월밖에 흐르지 않았건만 모리 교수님은 지금 거의 사그라진 촛불 같았다. 그는 전국의 텔레비전 시청자 앞에서 점점 쇠락해 갔다. 죽음이란 소재의 미니 시리즈처럼 말이다. 하지만 육신은 썩어 들어도 성품은 훨씬 더 밝게 빛났다.

인터뷰가 끝나 가자 카메라는 모리 교수님을 클로즈업했고 코펠은 화면에 잡히지 않은 채 목소리만 들렸다. 코펠은 모리 교수님에게 수백만 시청자를 향해 하고 싶은 말이 있느냐고 물었다. 물론 코펠이 그런 의미로 한 말은 아니었겠지만 나는 왠지 유언을 해 달라고 요구하는 것처럼 생각되었다.

"연민을 가지세요. 그리고 서로에게 책임감을 느끼세요. 우리가 그렇게 한다면 이 세상은 훨씬 좋은 곳이 될 겁니다."

교수님은 숨을 들이쉬고 평소에 좋아하는 구절을 덧붙여

말했다.

"서로 사랑하지 않으면 멸망하리."

인터뷰가 끝났다. 하지만 무슨 이유 때문인지 카메라맨은 필름을 계속 돌렸다. 마지막 장면이 테이프에 녹화됐다.

"잘하셨어요."

코펠이 말했다. 교수님은 힘없이 미소를 지었다.

"아니에요. 내가 가진 걸 준 것뿐이에요."

그가 속삭였다.

"선생님은 언제나 그러시죠."

"테드, 루게릭병이 내 영혼을 두드리고 있어요. 하지만 이 병이 내 몸은 잡아먹을지언정 내 영혼은 절대로 잡아먹지 못해요."

코펠은 눈물을 글썽이면서 말했다.

"참 잘해 오셨어요."

"그렇게 생각해요?"

교수님은 천정 쪽으로 눈길을 돌리며 덧붙였다.

"이제 저 위에 있는 양반이랑 협상을 벌이고 있어요. 난 그분께 이렇게 물어요. '나한테 천사 자리 하나 내줄 겁니까?'"

그가 하느님과 대화한다는 것을 인정한 건 이때가 처음이었다.

용서
열두 번째 화요일

"죽기 전에 자신을 용서하라. 그리고 다른 사람도 용서하라."

'나이트라인' 인터뷰를 끝낸 지 며칠 지난 후였다. 비가 내려서 하늘이 어두웠고 모리 교수님은 담요를 덮고 있었다. 나는 의자 끄트머리에 앉아서 교수님의 맨발을 손으로 주물러주고 있었다. 발은 딱딱했고 발톱은 누렇게 변해 있었다. 나는 작은 병에서 로션을 듬뿍 퍼내어 양손으로 그의 발목을 마사지하기 시작했다.

지난 몇 달간 그를 도와주는 사람들이 이렇게 하는 것을 봤다. 이제 나도 교수님을 위해 할 수 있는 일은 뭐든 하고 싶어서 발 마사지를 하겠다고 자원했다. 병은 그에게 발가락조차도 움직이지 못하게 해 놓았지만 여전히 통증은 있었다. 마사지가 이런 통증 완화에 도움이 됐다. 그리고 교수님은 누군 가의 손길을 느끼는 걸 좋아했다. 나는 교수님을 행복하게 할 수 있는 일이라면 뭐든 할 작정이었다.

그는 용서에 관한 이야기로 되돌아왔다.

"미치, 복수심이나 고집을 마음속에 품고 있어 봤자 아무 소용이 없어. 그것들이……."

교수님은 한숨을 내쉬었다.

"자만이나 허영, 그런 것들이 살면서 후회가 된다네. 그런데 도 왜 우린 그런 일들을 할까."

나는 그에게 용서가 왜 중요한지 물었다. 영화에서 보면 아 버지가 죽음을 앞두고 눕게 되면 세상을 떠나기 전 화해하기 위해 그간 소원했던 아들을 부른다. 나는 교수님에게 세상을 떠나기 전에 꼭 "미안하다."라고 말하고 싶은 일이 마음속에 있느냐고 물었다. 그는 고개를 끄덕였다.

"저기 조각상이 보이나?"

교수님은 서재의 한쪽 선반에 높이 놓인 두상을 향해 고갯 짓을 했다. 나는 여태 그 조각상이 거기에 있는 줄도 몰랐다. 청동상이었는데 넥타이 차림을 한 사십 대 초반의 모리 교수 님 얼굴이었다. 이마에 머리칼이 덥수룩한 모습이었다.

"내 얼굴이라네. 한 30년 전쯤 노먼이라는 친구가 만들어 줬지. 우리는 많은 시간을 함께 보냈어. 수영을 하고 차를 몰아서 뉴욕에도 가고 말이야. 그 친구가 날 케임브리지에 있는 자기 집으로 데려가더니 지하실에서 이 두상을 만들어 주었지. 완성까지 몇 주일이나 걸렸지만 그 친구는 제대로 만들고 싶어 했네."

나는 두상을 찬찬히 살폈다. 조각상으로 되어 있는 모리 교수님을 보니 참 이상했다. 너무도 건강하고 젊은 그가 나를 내려다보고 있었다. 청동상이긴 하지만 교수님만의 별난 표정이 그대로 드러났다. 그 친구가 교수님의 성품까지도 조각했다는 생각이 들었다.

"그런데 여기 슬픈 이야기가 있네. 노먼 부부는 시카고로 이사를 갔어. 그로부터 얼마가 지난 후, 샬럿은 대단히 큰 수술을 받았지. 그런데 노먼 부부는 우리에게 연락 한 번 주지 않았어. 샬럿이 수술받은 것을 그들도 알고 있었는데도 불구하고 말이야. 샬럿과 나는 이 일 때문에 맘이 몹시 상했지. 그래서 우리 관계는 끊어져 버렸네."

교수님은 다시 한번 조각상을 보며 말을 이어 나갔다.

"오랜 세월 동안 노먼과 나는 몇 차례 마주쳤고 그는 번번이 화해하려고 애썼지만 난 받아들이지 않았다네. 그의 변명이 성에 차지 않았던 거야. 내게는 자만심이 가득했어. 그래서 그를 밀어내 버렸던 거야."

교수님은 목이 멘 것 같았다.

"미치, 몇 년 전 그 친구는 암으로 죽었다네. 하지만 난 그를 보러 가지 않았어. 물론 용서하지도 않았어. 그런데 그게 내 마음을 이렇게도 아프게 하는군……."

그는 나지막이 흐느끼면서 울었다. 머리가 뒤로 젖혀져 있어서 눈물이 입술에 닿기도 전에 옆으로 흘러내렸다.

"괜한 얘기를 꺼내서 죄송해요."

"아니야. 이렇게 우는 것도 괜찮은 일이네."

교수님은 속삭였다.

나는 생기 없는 그의 발가락에 계속 로션을 문질렀다. 모리 교수님은 자기감정에 빠져서 몇 분간 더 울었다. 마침내 그가 입을 열었다.

"그리고 우리가 용서해야 할 사람은 타인만이 아니라네. 미치, 우린 자신도 용서해야 해."

"우리 자신을요?"

"그래. 여러 가지 이유로 우리가 하지 않은 일들에 대해서 용서해야 하네. 했어야 하는데 하지 않은 일에 대해서 말이야. 일이 이러저러하게 되지 않았다고 자신을 탓할 수만은 없지. 나 같은 상황에 빠지면 그런 태도는 아무런 도움도 안 돼."

"교수님도 그런 적이 있었나요?"

"난 언제나 '연구를 더 많이 했으면 좋았을 텐데.', '책을 더 많이 썼으면 좋았을 텐데.'라고 생각했네. 그 생각으로 나 자신을 질타하곤 했어. 그러나 이제 와서 돌이켜 보면 그런 질타가 아무 소용없다는 걸 알겠어. 그러니 자기 자신과 주위의 모두와 화해하게."

나는 몸을 굽혀 휴지로 교수님의 눈물을 닦았다. 그는 눈을 깜빡이며 크게 떴다 다시 감았다. 숨소리가 가볍게 코를 고는 소리 같았다.

"타인과 자신을 용서하게. 시간을 끌지 말게, 미치. 누구나 나처럼 이런 시간을 가질 수 있는 건 아니야. 누구나 다 이런 행운을 누리지는 못하지."

나는 휴지를 쓰레기통에 던지고 다시 그의 발을 만졌다.

'행운이라고요?'

엄지손가락을 그의 굳어 버린 발가락 사이에 넣었다.

"밀고 당김의 긴장에 대해 기억하지, 미치? 항상 일이 다른 방향으로 벌어지는 것 말이야."

"기억나요."

"차츰 줄어드는 시간이 아쉽긴 해. 하지만 나는 이런 시간이 내 삶을 바로잡을 기회를 주는 게 고맙다네."

한동안 말없이 앉아 있는데 창문에 빗방울이 부딪쳤다. 그의 뒤쪽에는 여전히 히비스커스 화분이 놓여 있다. 작지만 단아한 꽃이었다.

"미치."

모리 교수님이 속삭이듯 불렀다.

"네."

나는 그의 발가락을 주무르느라 정신이 팔려 있었다.

"나 좀 보게."

고개를 드니 말할 수 없이 강렬한 눈빛으로 교수님이 날 내려다보고 있었다.

"자네가 왜 나를 찾아왔는지 난 잘 몰라. 하지만 이 말만은 해 주고 싶군."

그는 말을 멈추었다. 숨이 막혀서 소리가 잘 나오지 않았다.

"내가 만약 아들을 한 명 더 가질 수 있다면 그게 자네였으면 좋겠어."

나는 눈을 내리깔고 죽어 가는 발가락 사이에 내 손가락을 넣었다. 그 순간 두려운 마음이 들었다. 교수님의 말을 인정하면 나의 친아버지를 배반하는 것 같아서였다. 하지만 고개를 드니 그는 눈물이 그렁그렁한 채 미소 짓고 있었다. 그리고 난 알았다. 이런 것은 배반 따위와는 상관없다는 것을 말이다. 내가 가장 두려운 것은 작별 인사를 하는 일이었다.

언덕 위, 연못이 내려다보이는 곳

"내가 묻힐 곳을 골랐다네."

"어딘데요?"

"여기서 그다지 멀지 않아. 언덕 위의 나무 밑이야. 연못이 내려다보이는 곳이지. 굉장히 평화로운 곳이야. 생각하기에 안성맞춤이지."

"거기서도 생각을 하며 지낼 계획이세요?"

"거기선 죽어지낼 계획이네."

교수님은 농담을 하고서 킥킥거리며 웃는다. 나도 따라서 웃는다.

"찾아와 줄 텐가?"

"찾아갈까요?"

"그냥 얘기하러 화요일에 와 주게. 자넨 언제나 화요일에 오지 않나?"

"우린 화요일의 사람들이니까요."

"맞았어, 우린 화요일의 사람들이지. 그럼 화요일에 나를 찾아와 주겠나?"

교수님은 급속도로 약해져 간다.

"날 보게."

그가 말한다.

"보고 있어요."

"내 무덤에 찾아와 주겠나? 그리고 나한테 자네가 하고 있는 고민들을 말해 주겠어?"

"제가 하고 있는 고민들이요?"

"그래."

"그럼 교수님이 대답해 주실 건가요?"

"내가 줄 수 있는 건 다 주겠네. 언제는 안 그랬나?"

모리 교수님의 무덤을 머릿속에 그려 본다. 언덕 위, 연못이 내려다보이는 곳. 교수님이 누운 곳에 사람들이 흙을 덮고 그 위에 비석을 세우겠지. 며칠 후, 아니 몇 주일 후쯤에 거기 혼자 앉아 있는 나를 상상해 본다. 무릎을 감싸고 앉아서 멍하니 하늘을 바라보는 나.

"교수님의 목소리를 들을 수 없으니 지금과 같지는 않을 거예요."

내가 말한다.

"아, 대화 말인가?"

교수님은 눈을 감고 미소를 짓는다.

"내 말 잘 듣게. 내가 죽은 다음에는 자네가 말을 하게나. 그럼 이제는 내가 들을 테니까."

완벽한 하루
열세 번째 화요일

모리 교수님은 샬럿과 의논한 끝에 화장이 최선이라는 결론을 내렸다. 브랜다이스의 랍비 알 액슬라이드가 모리 교수님을 찾아왔다. 그들은 오랜 친구였으므로 모리 교수님 부부는 그에게 장례식 집전을 의뢰했다. 교수님은 랍비에게 화장 계획을 말했다.

"그런데, 알……."

"응."

"날 너무 오래 태우지 않는지 자네가 확인해 주게."

순간 랍비는 얼어붙었다. 하지만 모리 교수님은 이제 자기 몸에 대해 농담까지도 할 수 있었다. 마지막이 가까워질수록 그는 몸을 단순한 껍질이나 영혼이 담긴 그릇 정도로 여겼다.

몸은 쓸모없는 가죽과 뼈로 시들어 갔다. 그래서 이제 그것을 벗기가 훨씬 수월해졌다.

"우린 죽음의 광경을 보는 걸 너무도 두려워하지."

내가 앉자 교수님이 말했다. 그의 옷깃에 마이크를 달았지만 그것은 자꾸 아래로 처졌다. 교수님은 계속 기침을 했다. 이제 그는 늘 기침을 했다.

"저번에 책을 읽었네. 병원에서는 사람이 죽으면 바로 시트를 머리에 씌운 다음 바퀴 달린 침대에 주검을 싣고 통로를 지나 내려간다더군. 죽음의 광경에서 빨리 벗어나려고 안달하는 거지. 사람들은 죽음이 전염이라도 되는 것처럼 행동하곤 해."

나는 자꾸만 흘러내리는 마이크를 다시 다느라 온갖 수선을 피웠다. 교수님이 내 손을 힐끗 쳐다봤다.

"자네도 잘 알듯이 죽음은 전염되지 않아. 삶이 자연스러운 것처럼 죽음도 자연스럽다네. 그것은 우리가 맺은 계약의 일부일 뿐이야."

그는 다시 기침을 쏟아 냈고 나는 뒤로 물러나서 기침이 멎기를 기다렸다. 그러면서 좀 더 심각한 사태가 벌어질 것에 대한 마음의 준비를 했다. 이즈음 교수님은 힘겨운 밤을 보냈다. 겁나는 밤의 연속이었다. 그는 겨우 몇 시간을 자다가 지독하게 숨이 막혀 눈을 뜨곤 했다. 간호사들이 침실로 들어와서 등을 두드려 가슴에 맺힌 것을 빼냈다. 산소 호흡기의 도움으로 겨우 다시 정상적으로 숨을 쉬게 되면 교수님은 다음 날 온종일 피로감에 시달려야 했다.

이제 산소 튜브가 코 위에 걸려 있었다. 나는 그걸 보는 게 싫었다. 산소 튜브는 무기력함의 상징이었기 때문이다.

"지난밤……."

교수님이 나지막이 말했다.

"네."

"한 차례 끔찍한 시간을 겪었다네. 몇 시간 동안 계속되었어. 사실 다시 숨 쉴 수 있을지 자신이 없었어. 전혀 숨을 못 쉬었지. 끝없이 가슴이 막히더니 어느 순간 현기증이 일기 시작하더군. 그런데 갑자기 어떤 평화가 느껴지는 거야. 내가 떠날 준비가 됐다는 기분이 들었어."

그는 눈을 커다랗게 뜨고서 말을 이었다.

"미치, 정말이지 믿기 힘든 느낌이었어. 벌어지는 상황을 인정하는 느낌……. 평화로웠어. 지난주에 꾼 꿈을 생각했지. 꿈속에서 나는 알지 못하는 곳으로 뻗어 있는 다리를 건너고 있었어. 그 다음에 뭐가 있을지는 모르지만 나는 그곳으로 갈 준비가 되어 있었지."

"그렇지만 가지 않으셨잖아요."

교수님은 잠시 기다렸다. 그가 가볍게 고개를 끄덕였다.

"그래, 가지 않았지. 하지만 갈 수도 있겠다는 느낌을 받았어. 이해가 되나?"

"좀 더 자세히 말씀해 주세요."

"우리 모두 찾는 게 바로 그것 아닌가. '죽어 간다는 생각과 화해하는 것' 말이야. 궁극적으로 우리가 죽어 가면서 평화로울 수 있다면 마침내 진짜 어려운 일을 할 수 있겠지."

"그게 뭔데요?"

"살아가는 것과 화해하는 일."

그는 등 뒤에 놓인 히비스커스 화분을 보여 달라고 했다. 나는 화분을 들어 그의 눈높이쯤에 맞춰 주었다. 교수님은 미소를 지었다.

"죽는 것은 자연스러운 일이야. 우리가 죽음을 두고 소란을 떠는 것은 우리를 자연의 일부로 보지 않기 때문이지. 인간이 자연보다 위에 있다고 생각하니까."

그는 화분을 보며 싱긋 웃었다.

"모든 것은 태어나고 죽는 거야."

교수님은 나를 바라보았다.

"자네, 그걸 인정하나?"

"네……"

"좋아. 이제 바로 거기에 분기점이 있네. 우리가 이 멋진 동식물과 어떻게 다른지 바로 이 점에서 갈라져 나오지."

그는 사랑스러운 듯 다시 한번 히비스커스 화분에 눈길을 보냈다.

"서로 사랑하고 그 사랑의 감정을 기억할 수 있는 한, 우리는 우리를 기억하는 사람들의 마음속에 잊히지 않고 죽을 수 있네. 자네가 가꾼 모든 사랑과 모든 기억이 거기에 고스란히 남아 있겠지. 자네는 계속 살아 있을 수 있어. 자네가 여기에 있는 동안에 만지고 보듬었던 모든 사람들의 마음속에 말이야."

교수님의 목소리가 갈라졌다. 그것은 한동안 쉬어야 한다는 것을 의미했다. 나는 화분을 제자리에 갖다 놓고 녹음기를 꺼 놓으려고 했다. 녹음기가 꺼지기 전 교수님은 마지막으로 이렇게 말했다.

"죽음은 생명이 끝나는 것이지 관계가 끝나는 것이 아니네."

루게릭병 치료에 진척이 있었다. 이제 막 시험용 약이 개발된 것이다. 치료제가 아니라 생명을 연장시키는 약이어서 몇 달 정도 신체의 쇠락을 늦춰 준다고 했다. 모리 교수님도 이 소식을 들었지만 그런 시도를 해 보기에는 병세가 너무 진행된 상태였다. 게다가 그 약은 몇 달 후에나 구할 수 있다고 했다.

"나를 위한 약은 아니군."

교수님은 그 얘기를 마무리 지으며 말했다. 병을 앓는 기간 내내 그는 치료되리라는 소망을 물고 늘어지진 않았다. 교수님은 지나칠 정도로 현실적인 사람이었다. 누군가 마술 지팡이를 흔들어 교수님을 낫게 해 준다면 어떤 사람이 되고 싶냐고 물어본 적이 있었다.

　"예전의 모습으로 돌아가고 싶으세요?"

　그는 고개를 저었다.

　"돌아가려고 해도 돌아갈 수 없지. 이제 난 다른 사람이 되었으니까. 태도도 바뀌었고 내 육체를 보는 시각도 바뀌었어. 예전에는 그런 시각을 갖지 못했거든. 또 커다랗고 궁극적인 질문, 없어지지 않을 질문을 해결하려고 고군분투하는 면도 달라졌어. 그게 나한텐 중요하네. 난 중요한 문제에 손을 대기 시작하면 그것에 등을 돌리고 나올 수가 없거든."

　"그렇게까지 중요한 질문이 뭔데요?"

　"사랑과 책임감, 영혼, 인식 등과 관련된 것들이야. 지금 내가 건강한 사람이라고 해도 그것들은 여전히 나의 주제가 될 거야. 지금까지 쭉 그랬어야 했는데 과거에는 그렇게 중요하게 생각하지 못했어."

　건강한 모리 교수님을 상상해 보려고 애썼다. 그가 병든 육체의 껍질을 벗고 의자에서 일어나 예전에 캠퍼스를 돌아다녔던 것처럼 나와 함께 동네를 산책하는 모습을 상상해 보았다. 문득 교수님이 일어선 모습을 본 게 16년 전의 일임을 깨닫게 되었다. 16년이나 됐다니!

"그래도 24시간만 건강해진다면 말이야……."

"24시간만 건강해진다면요?"

"아침에 일어나서 운동을 하고 롤 케이크와 홍차로 멋진 아침 식사를 한 후에 수영하러 가겠어. 그런 다음 찾아온 친구들과 맛좋은 점심 식사를 함께하고. 아, 한 번에 한둘씩만 찾아오면 정말 좋겠군. 그래야 그들의 가족과 관심사에 대해 온전히 이야기를 나눌 수 있을 테니까 말이야. 또 우리가 서로에게 얼마나 소중한 사람들인지에 대해서도 이야기하고 싶어."

모리 교수님은 상상만 해도 즐거운 듯 환하게 미소 지으며 말을 계속했다.

"그런 다음 산책을 나가겠어. 나무가 있는 정원으로 가서 여러 가지 나무도 보고 새도 구경하면서 오랫동안 보지 못한 자연에 파묻힐 거야."

"또요?"

"저녁에는 모두 레스토랑에 가서 스파게티를 먹고 싶네. 아니, 오리고기를 먹을까? 난 오리고기를 무척 좋아하거든. 그런 다음 나머지 저녁 시간 동안에는 춤을 추고 싶네. 거기 있는 멋진 파트너들과 지칠 때까지 춤을 춰야지. 그러고 나서 집에 와서 깊고 달콤한 잠을 자는 거야."

"그게 다예요?"

"그래, 그게 다야."

정말 소박했다. 너무도 평범했다. 사실 난 좀 실망했다. 교수님이 이탈리아로 날아가거나 대통령과 점심 식사를 하거나 바닷가를 걷는 것처럼, 생각해 낼 수 있는 온갖 이색적인 일을 말할 줄 알았다. 그런데 오랜 시간 누워서 한 발자국도 걷지 못한 끝에 어떻게 그렇게도 평범한 하루에서 완벽함을 찾을 수가 있을까?

그제야 비로소 깨달았다. 바로 그것이 삶에서 가장 중요한 것임을.

🌿 그날 교수님은 한 가지 주제를 제의해도 되겠느냐고 물었다. 나는 고개를 끄덕였다.

"자네 동생에 대해서."

교수님이 동생에 대한 말을 꺼내자 나는 갑자기 떨렸다. 내 마음속이 그 생각으로 꽉 차 있음을 교수님이 어떻게 알았는지 모르겠다. 몇 주째 스페인에 있는 동생과 통화하려고 시도했지만 암스테르담에 있는 병원으로 날아갔다가 곧 돌아올 거라는 소식만을 그의 친구에게서 전해 들었을 뿐이었다.

"미치, 사랑하는 사람과 함께 있을 수 없다는 게 얼마나 속상한 일인지 잘 아네. 하지만 그의 바람대로 해 줄 필요가 있어. 어쩌면 그는 자네의 삶을 망치고 싶지 않을 거야. 어쩌면 그는 그런 짐을 스스로 어쩌지 못하고 있을 거야. 나도 아는 사람 모두에게 예전처럼 그대로 생활하라고 말하네. 내가 죽어 가는 것 때문에 자신의 생활을 망치지 말아 달라고 말이야."

"하지만 그 애는 제 동생인 걸요."

"알아. 그래서 마음이 아픈 거지."

마음속에 여덟 살의 내 동생 피터가 떠올랐다. 금발의 곱슬머리가 새 둥지처럼 보였던 그 애의 모습과 바지 무르팍에 잔뜩 풀물이 들어서는 옆 마당에서 우리가 레슬링을 벌이던 모습도 떠올랐다. 또 그 애가 솔빗을 마이크처럼 쥐고 서서 거울 앞에서 노래하던 모습과 어릴 적 다락방에 숨어서 부모님이 저녁 식사를 하라고 찾아오는지를 숨죽이고 기다리던 우리의 모습까지 떠올랐다.

그러고 나서 어른이 되어 떠도는 그 애의 모습이 떠올랐다. 수척하게 마르고 화학 요법을 받느라 뼈만 앙상해진 얼굴이 기억났다.

"교수님, 동생은 왜 저를 만나고 싶어 하지 않을까요?"

내가 물었다. 교수님은 한숨을 내쉬었다.

"인간관계에는 일정한 공식이 없어. 양쪽 모두가 공간을 넉넉히 가지면서 넘치는 사랑으로 협상을 벌여야 하는 게 바로 인간관계라네. 두 사람이 무엇을 원하는지, 무엇이 필요한지,

무엇을 할 수 있으며 또 각자의 삶이 어떤지에 대해서 말이야."

"협상이라고요?"

"사업에서 사람들은 서로를 이기기 위해 협상을 벌이네. 원하는 걸 얻기 위해서지. 어쩌면 자네가 거기에 너무 익숙해졌는지도 몰라. 하지만 사랑은 달라. 자기 상황뿐만 아니라 다른 사람의 상황에도 마음을 쓸 때 바로 그게 진정한 사랑이라고 할 수 있어."

"진정한 사랑이요?"

나는 힘없이 따라 했다.

"자네는 동생이랑 특별한 시간을 보냈지. 그런데 이젠 그와 함께했던 것을 다시 누리지 못해. 물론 되돌리고 싶겠지. 그런 시간이 멈추는 것이 싫을 거야. 하지만 그게 사람의 일이잖나? 멈추고 새로워지고, 멈추고 새로워지고."

나는 그를 바라보았다. 세상의 모든 죽음이 보였다. 갑자기 무기력감이 밀려들었다.

"자넨 분명히 동생에게 돌아가는 방법을 찾아낼 거야."

교수님이 말했다.

"어떻게 아세요?"

그는 미소를 지었다.

"자넨 날 찾았잖아, 안 그래?"

작은 파도 이야기

"저번에 멋진 이야기를 들었네."

모리 교수님이 말한다. 그는 잠시 눈을 감고 나는 그의 말을 기다린다.

"그래, 그건 넓디넓은 바다에서 넘실대는 작은 파도에 대한 이야기야. 파도는 바람을 맞고 신선한 공기를 마시며 즐거운 시간을 보냈지. 그러다가 자기 앞에 있는 다른 파도들이 해변에 닿아 부서지는 걸 보았어."

교수님은 한숨을 내쉬고는 말을 이어 갔다.

"'하느님 맙소사! 이렇게 끔찍할 데가 있나. 내가 무슨 일을 당할지 저것 좀 보라고!' 파도는 말했지. 그때 다른 파도가 뒤따라왔어. 그는 작은 파도의 우울한 기분을 알아차리고는 물었어. '왜 그렇게 슬픈 표정을 짓고 있어?' 아까 그 작은 파도가 대답하지. '넌 모를 거야. 우린 모두 부서진다고. 우리 파도는 부서져 다 없어져 버린단 말이야! 정말 끔찍하지 않니?'"

나는 모리 교수님의 얼굴을 바라보았다.

"그러자 다른 파도가 말하지. '아냐, 넌 잘 모르는구나. 우리는 그냥 파도가 아냐. 우리는 바다의 일부라고.'"

나는 미소를 짓는다. 모리 교수님은 다시 눈을 감는다.

"바다의 일부. 그래, 우리는 바다의 일부지."

그가 말한다. 나는 모리 교수님이 공기를 들이쉬었다 내쉬었다, 들이쉬었다 내쉬는 모습을 가만히 지켜본다.

작별 인사
열네 번째 화요일

춥고 축축한 날씨였다. 모리 교수님 댁 계단을 올라갔다. 지금까지 그렇게 여러 번 왔는데도 알아차리지 못했던 것들이 눈에 들어왔다. 언덕의 모양새, 돌로 된 집 전면, 수호초, 키 작은 나무……. 나는 시간을 끌며 천천히 걸으면서 젖은 낙엽을 밟았다.

전날 샬럿은 내게 전화를 걸어서 교수님의 상태가 별로 좋지 않다고 알려 주었다. 그것은 그의 마지막이 진행되었음을 의미하는 것이었다. 교수님은 다른 약속을 전부 취소했고 아주 오랫동안 잠을 잤다. 그것은 모리 교수님답지 않은 일이었다. 그는 대화할 사람이 곁에 있을 때 자는 것을 별로 좋아하지 않았다.

"그이는 미치가 와 주는 것을 좋아해요. 그런데 미치……."

샬럿이 말했다.

"네?"

"그이의 상태가 굉장히 안 좋아요."

현관으로 올라가는 층계, 현관문에 끼워진 유리 등을 나는 마치 처음으로 보는 것처럼 천천히 음미했다. 어깨에 멘 가방 안에 든 녹음기를 만져 보았다. 그리고 테이프를 가져왔는지 확인하려고 가방을 열어 보았다. 늘 테이프를 가지고 다니면서 내가 그날따라 왜 그런 식으로 뜸을 들였는지 모르겠다.

초인종을 누르자 코니가 문을 열어 주었다. 보통 때는 활달한 그녀였지만 오늘은 왠지 어두운 표정을 짓고 있었다. 그녀는 부드러운 목소리로 인사했다.

"교수님은 어떠십니까?"

내가 물었다.

"별로 좋지 않으세요. 생각하고 싶지 않아요. 정말 좋으신 분인데……. 아시죠?"

코니는 입술을 깨물었다.

"네, 잘 알지요."

"너무나 안타까운 일이에요."

샬럿이 복도로 나와서 나를 껴안았다. 오전 10시인데도 교수님이 아직 잠을 잔다고 했다. 우리는 부엌으로 갔다. 나는 샬럿이 정리하는 것을 도왔다. 식탁 위에 놓인 약병들이 눈에 들어왔다. 흰 뚜껑이 씌워진 갈색 플라스틱의 병정 부대 같았다. 이제 내 노은사는 좀 더 수월하게 호흡하기 위해 모르핀을 투약받고 있었다.

나는 사 들고 온 수프, 야채 케이크, 참치 샐러드 같은 음식을 냉장고에 넣었다. 샬럿에게 이런 걸 가져와서 죄송하다고 말했다. 교수님이 이런 음식을 씹지 못한 지 벌써 몇 달이나 되었고 우리 둘 다 그런 사실을 잘 알았다. 하지만 음식을 사 들고 오는 것은 나에게 일종의 습관이 되어 있었다. 어떤 이를 잃어 갈 때 그와 관계된 어떤 습관에는 매달리게 되는 경우가 종종 있다. 이것도 바로 그런 이유 때문이었다.

나는 거실에서 기다렸다. 우리 교수님과 테드 코펠이 첫 번째 인터뷰를 했던 바로 그곳에서 나는 테이블 옆에 앉아 신문을 읽었다. 미네소타에서 어린아이 둘이서 아버지의 권총을 갖고 놀다가 서로에게 쏜 사건이 있었다. 그리고 로스앤젤레스 뒷골목에 있는 쓰레기통에서 갓난아이가 발견되었다는 기사도 있었다.

나는 신문을 내려놓고 멍하니 벽난로를 바라보면서 마룻바닥을 발끝으로 가볍게 두드렸다. 마침내 문이 열렸다 닫히는 소리가 나더니 샬럿이 거실로 다가오는 소리가 들렸다.

"들어오세요. 그이가 미치를 만날 준비를 마쳤어요."

샬럿이 부드럽게 말했다. 나는 일어나서 우리가 늘 만나는 곳으로 향했다. 그런데 복도 끝에 놓인 접는 의자에 낯선 여자가 앉아 있었다. 그녀는 다리를 포개고 앉아 책을 읽고 있었다. 호스피스 간호사였다. 교수님을 24시간 돌보는 의료진 가운데 한 사람이었다.

교수님의 서재는 비어 있었다. 나는 당황스러웠다. 서둘러서 침실로 가니 교수님은 침대에 누워서 이불을 덮고 있었다. 이제껏 이렇게 누워 있는 교수님은 마사지를 받으려고 누워 있던 때를 빼면 딱 한 번밖에 보지 못했다. 머릿속에서 모리 교수님이 지은 아포리즘이 메아리치기 시작했다.

"침대에 누워 있는 것은 죽어 있는 것이다."

억지로 미소를 지으며 방으로 들어갔다. 교수님은 파자마 같은 노란색 상의를 입고 가슴 아래에는 담요를 덮고 있었다. 몸뚱이가 어찌나 작아졌는지 몸에서 뭔가 빠져나갔다는 생각이 들 정도였다. 우리 교수님은 마치 아이 같았다.

그는 입술을 움직였다. 광대뼈 부분이 창백했다. 교수님은 내 쪽으로 눈길을 주며 말을 하려고 애썼지만 그렁대는 소리만 들렸다.

"여기 계셨군요."

나는 있는 힘껏 기운을 짜내서 쾌활하게 말을 걸었다. 모리 교수님은 숨을 내쉬고 눈을 감았다. 그리고 미소를 지었다. 이런 노력조차도 그에게는 힘겨운 듯 보였다.

"내…… 사랑하는 친구……."

마침내 교수님이 말을 했다.

"그래요, 저는 선생님 친구죠."

"오늘은 상태가…… 그다지…… 좋지 못하군그래……."

"내일은 괜찮아지실 거예요."

그는 다시 한번 숨을 몰아쉬더니 힘겹게 고개를 끄덕였다. 이불 밑에서 뭔가 하려고 애썼다. 손을 움직이려는 듯했다.

"내 손 좀 잡아 주게……."

그가 말했다. 나는 이불을 젖히고 교수님의 손을 잡았다. 내 손에 쏙 들어왔다. 나는 허리를 굽혀 내 얼굴을 그의 얼굴에 바짝 갖다 댔다. 면도하지 않은 교수님의 모습을 처음으로 보았다. 사방에는 흰 수염이 나 있었다. 뺨과 턱에 소금을 뿌려 놓은 것 같았다. 이렇게 기운이 없는 마당에 무슨 생명력이 남아 있어서 저렇게 새 수염이 돋아나는 걸까.

"교수님."

나는 나지막이 불렀다.

"코치."

그가 고쳐 주었다.

"코치."

난 다시 고쳐 불렀다. 몸이 떨렸다. 교수님은 공기를 들이마시고 말을 내뱉는 식으로 짧게 말했다. 실낱 같은 소리가 삐걱거리며 났다. 그리고 연고 냄새가 풍겼다.

"자넨…… 착한 영혼을 가졌어."

"착한 영혼이요?"

"여길 만져 보게."

교수님이 소곤거렸다. 그는 내 손을 자신의 가슴으로 가져갔다. 내 목구멍에 구멍이 뻥 뚫린 기분이 들었다.

"코치?"

"응?"

"어떻게 작별 인사를 해야 할지 모르겠어요."

교수님은 가슴에 놓인 내 손을 힘없이 토닥였다.

"우리…… 이렇게…… 작별 인사를…… 하지……."

교수님이 가만히 숨을 쉬자 갈비뼈가 오르락내리락하는 것이 느껴졌다. 그때 교수님은 나를 똑바로 바라봤다.

"자네를…… 몹시…… 사랑하네."

교수님이 힘겹게 말했다.

"저도 사랑해요, 코치."

"알고 있네……. 그리고 또 알아……."

"또 뭘 아시는데요?"

"자네가…… 늘…… 그랬다는 걸……."

교수님은 눈을 가늘게 뜨더니 어느새 울기 시작했다. 꼭 어린아이처럼 얼굴을 일그러뜨리면서 눈물을 흘렸다. 나는 몇 분간 교수님을 꼭 끌어안았다. 그리고 흐물흐물한 살갗을 문질렀다. 머리칼도 쓰다듬었다. 내 손바닥을 교수님의 얼굴에 대고 앙상한 뼈를 만지고 눈물 자국도 훔쳐 주었다.

교수님의 호흡이 다시 정상으로 돌아오자 나는 목소리를 가다듬으며 말했다.

"교수님이 피곤하신 걸 알고 있어요. 다음 화요일에 다시 오겠어요. 그때는 더 건강하시길 바래요."

그는 가볍게 웃었다. 웃음에 가깝다고 할 수 있지만 그것은 아주 슬픈 소리였다.

나는 열어 보지도 않은 녹음기 가방을 들었다. 왜 이런 걸 가져왔을까? 우리가 이걸 쓰지 못하게 될 줄 뻔히 알았으면서 말이다. 나는 몸을 굽혀 교수님의 뺨에 키스했다. 얼굴을 맞대고 구레나룻을 마주 대며 살을 부비면서 한참 그러고 있었다. 이 짧은 순간이 교수님에게 큰 즐거움이 될 것 같았다.

"이제 됐지요?"

나는 얼굴을 떼며 말했다. 눈물이 나오려고 하자 나는 눈을 깜박였다. 모리 교수님은 내 얼굴을 보고는 입술을 꾹 다문 채 눈을 치떴다. 이 순간 내 사랑하는 노은사가 만족스러움을 느꼈으면 좋겠다는 생각이 들었다. 마침내 그가 나를 울게 만들었다는 만족감 말이다.

"음, 이제 괜찮아."

교수님이 속삭였다.

나의 졸업, 모리의 장례식

모리 교수님은 토요일 아침에 세상을 떠났다. 온 가족이 교수님 댁에 모여 있었다. 아들 롭은 도쿄에서 날아와 아버지에게 작별의 키스를 했고 조너선도 거기 있었다. 당연히 샬럿도 있었고 샬럿의 사촌인 마샤도 있었다. 마샤는 살아 있는 장례식에서 교수님을 감동시킨 시를 쓴 장본인이었다. 교수님을 '다정한 세쿼이아'로 표현했던 바로 그 여자였다.

교수님이 떠나기 전 가족들은 당번을 정해 교수님의 침대 곁에서 교대로 잠을 잤다. 우리가 마지막으로 만난 다음다음 날, 교수님은 혼수상태에 빠졌다. 의사는 교수님이 어느 순간 돌아가실지 모른다고 말했다. 하지만 그는 힘겨운 오후를 버티고 어두운 밤도 잘 견뎌 냈다.

마침내 11월 4일, 사랑하는 이들이 커피를 마시러 부엌에 있느라 처음으로 이 방을 모두 비웠을 때 모리 교수님은 조용히 숨을 멈추었다. 그리고 그는 떠났다.

나는 교수님이 일부러 그렇게 돌아가셨다고 믿는다. 싸늘하게 마지막 숨이 끊기는 순간을 누군가 보는 것을 원치 않았을 것이다.

어머니의 부고 전보를 받았을 때, 혹은 시체 안치소에서 아버지의 시신을 봤을 때의 느낌이 늘 그를 따라다녔기 때문에 자신의 가족들에겐 그런 경험을 안겨 주고 싶지 않았으리라.

나는 교수님이 자신의 침대에 누워 있음을, 또 자신 가까이에 책과 노트, 작은 히비스커스 화분이 있음을 알았을 거라고 믿는다.

교수님은 평화롭게 가고 싶어 했고, 정말로 그렇게 세상을 떠났다.

습한 바람이 부는 아침, 장례식이 치러졌다. 풀잎은 젖었고 하늘은 우윳빛이었다. 우리는 땅에 파 놓은 구멍 근처에 서 있었다. 연못의 물이 찰랑거리는 소리와 오리가 털을 흔드는 소리까지도 모두 들리는 곳이었다.

수백 명이 참석하고 싶어 했지만 샬럿은 가까운 친구와 친척만 모이게 했다. 랍비 알 액슬라드는 시 몇 편을 읽었다. 어릴 적에 앓은 소아마비 때문에 아직도 다리를 저는 모리 교수님의 동생 데이비드가 관습에 따라 삽을 들고 무덤에 흙을 뿌렸다.

교수님의 재가 땅속에 뿌려졌을 때 나는 무덤 주위를 둘러보았다. 교수님이 옳았다. 나무와 풀과 가파른 언덕, 정말이지 몹시도 아름다운 곳이었다.

"자네가 말을 하게. 나는 들을 테니까."

교수님은 그렇게 말했다.

머릿속으로 그렇게 하려고 애를 썼다. 행복하게도 그런 상상 속의 대화가 자연스럽게 느껴졌다. 무심코 나는 손목을 내려다보았다. 손목시계를 보고 그 이유를 깨달았다.

바로 화요일이었다.

아버지는 우리를 지나가셨네.
나무의 새 잎새마다 노래하면서.
(그리고 아버지의 노래를 들으면서 아이마다 봄이 춤춘다고 믿었네······.)
−E. E. 커밍스
(장례식에서 모리 교수님의 아들 롭이 읽은 시)

끝나지 않은 모리의 가르침

이따금 내 노은사를 다시 찾아뵙기 이전의 나를 돌아본다. 난 그(이전의 미치)에게 말하고 싶다. 무엇을 찾아야 할지, 어떤 실수를 피해야 할지를 말이다. 그리고 더 마음을 열라고 말하고 싶다. 광고로 인해 만들어진 헛된 가치에 유혹되지 말라고, 사랑하는 사람이 말할 때는 생애 마지막 이야기인 양 관심을 기울이라고 말해 주고 싶다.

또 그에게 비행기를 타고 매사추세츠주의 웨스트 뉴턴에 사는 노은사를 찾아가라고, 그 노인이 병들어 춤출 힘을 잃기 전에 찾아뵈라고 말하고 싶다.

물론 그러지 못한다는 것을 잘 안다. 이미 벌어진 일을 되돌릴 수는 없다. 이미 지나간 삶을 되돌릴 수도 없다. 하지만 교수님이 내게 가르쳐 준 게 있다면 인생에서 '너무 늦은 일' 따윈 없다는 것이다. 그는 작별 인사를 할 때까지 계속해서 변했다.

교수님이 세상을 떠나고 얼마 지나지 않아 스페인에 있는 동생과 연락이 되었다. 우리는 오랫동안 이야기를 나누었다. 나는 그에게 "네가 유지하려는 거리를 존중해."라고 말했다. 다만 가까이 있고 싶을 뿐이며 예전처럼 지금도 가까운 관계가 되고 싶다고 말했다. 그가 허락하는 만큼 내 삶에서 그를 껴안고 싶다고.

"넌 하나밖에 없는 내 동생이야. 널 잃고 싶지 않구나. 사랑한다."

나는 그렇게 말했다.

전에는 동생에게 그렇게 말한 적이 한 번도 없었다. 며칠 후, 팩스가 한 장 들어왔다. 동생답게 구두점이 엉망이고 대문자로만 적힌 메시지였다.

"안녕, 난 90년대에 합류했어!"

편지는 그렇게 시작됐다. 한 주 동안 뭘 하며 지냈는지에 대한 간단한 이야기와 두세 가지 농담까지 적혀 있었다. 그리고 끝에 그는 이런 식으로 서명했다.

"지금 가슴이 막히고 설사가 나서 기분이 개떡 같아. 나중
에 얘기하자고."
- 아픈 송곳니

나는 눈물이 나도록 웃었다.

🌿 이 책을 만드는 것은 모리 교수님의 생각이었다. 그
는 이 책을 우리의 '마지막 논문'이라고 불렀다.

멋진 프로젝트가 모두 그렇듯 우리는 이 책을 만들며 더
가까운 사이가 되었고 여러 출판사에서 관심을 보일 때마다
교수님은 기뻐했다. 비록 출판 관계자를 직접 만나지 못하고
돌아가셨지만 말이다. 이 책의 선인세는 교수님의 엄청난 치
료비에 충당되었고 그 점에 대해 우리 둘 다 무척 감사했다.

이 책의 제목은 교수님의 서재에서 우리 둘이서 정했다. 모
리 교수님은 사물에 이름 붙이기를 좋아했다. 그가 몇 가지
아이디어를 냈다. 하지만 내가 "'모리와 함께한 화요일'이라고
하면 어떨까요?"라고 하자 교수님은 환하게 웃었다. 나는 그
웃음의 의미를 알았다.

교수님이 돌아가시고 대학 시절의 자료들이 담긴 상자를 뒤
졌다. 교수님이 강의하는 과목을 들으면서 쓴 학기말 리포트
가 나왔다. 색이 바랜 20년 전의 리포트였다. 앞 페이지에 내

가 연필로 모리 교수님에게 보내는 몇 마디의 글이 적혀 있고 그 아래에 교수님이 쓴 답이 적혀 있었다.

내 글은 이렇게 시작됐다.

"코치님께."

그리고 교수님의 글은 이렇게 시작됐다.

"선수에게."

그 구절을 읽어 보니 모리 교수님이 더욱 간절하게 그리워진다.

이 글을 읽는 당신에게도 진정으로 그리워할 만한 스승이 있는가? 당신을 있는 그대로 귀한 존재로, 닦으면 자랑스럽게 빛날 보석으로 봐 준 그런 스승이 있는가? 혹시 운이 좋아서 그런 스승을 기억 속에서 찾아낸다면 그에게 다시 가는 길도 찾을 수 있을 것이다. 머릿속으로만 그럴 수도 있고 나처럼 교수님의 침대 곁으로 직접 찾아갈 수도 있을 것이다.

내 노은사의 마지막 수업은 일주일에 한 차례씩 교수님 댁의 서재 창가에서 이루어졌다. 그가 작은 화분에 핀 분홍빛 히비스커스 꽃을 볼 수 있는 그곳에서 말이다. 수업은 화요일에 있었다. 책은 필요 없었다. 강의 주제는 '인생의 의미'였다. 교수님은 경험에서 실제로 얻은 바를 가르쳤다.

그리고 그 가르침은 아직도 계속되고 있다.

나를 다시 깨어나게 해 준 글이었다

스코틀랜드에서 이 글을 쓴다. 이곳은 영국에서도 상당히 북쪽이라 5월의 끝자락인 지금, 오후 10시나 되어야 해가 진다. 지금은 밤 10시가 넘었는데도 아직까지 어슴푸레하다. 이제 여름이 더 깊어지면 밤 11시까지도 해가 지지 않을 것이다. 덕분에 늦은 시간까지 푸르름만은 눈이 시리도록 볼 수 있을 것이다.

누군가 초록의 색조가 40가지라고 했다지만 이곳 스코틀랜드에서 느끼는 초록의 수는 그보다 훨씬 더하다. 햇빛이 초록을 비추면 그 따스하고 싱그러운 색이 얼마나 반짝이는지, 또 그 아래 호수가 가슴이 서늘해질 만큼 얼마나 고운지 모른다. 자연의 아름다움에 순간 머릿속이 아득해질 때가 있다.

엊그제도 그런 경험을 했다. 어떤 정원에서 400가지도 넘는 진달래꽃, 철쭉꽃을 봤다. 촌색시 치마저고리 빛깔의 진달래가 있는가 하면 고아한 상앗빛 꽃도 있고 하늘을 찌를 듯 높이 자란 꽃나무도 있고……. 하지만 나무 아래 보랏빛 물결을 이룬 작은 블루벨스가 더 아름답게 보였다. 색색으로 물든 꽃 사이로 난 조그만 나무다리를 건너며 나는 이 글을 읽을 독자들을 생각했다. 『모리와 함께한 화요일』 역자 후기를 마음에 담고 떠난 여행이었기 때문이다.

믿어지지 않겠지만, 번역가란 이름으로 긴 시간을 지내는 동안 내 책상 위에 일이 놓여 있지 않은 날은 단 하루도 없었다. 그만치 즐거웠고 한편으로는 일의 무게에 짓눌리기도 했다. 사실 단어 하나, 글 한 줄마다 읽어 줄 이를 생각하지 않은 적이 없었다. 나의 글은 나를 위한 글이 아니라 읽어 줄 이를 위한 것이기 때문이다. 그런데 이번 작품은 독자마저 잊고 오직 모리 교수만 생각하며 온전히 몰입하여 번역했다. 아니, 내가 독자가 되어 함께 호흡했다고 말하는 편이 옳으리라. 정말 기막힌 경험이었다.

여기 모리 슈워츠라는 사회학 교수가 있다. 사지를 쓰지 못하다가 결국 숨쉬기도 힘들어지는 루게릭병이라는 희귀한 병을 앓으며 죽음을 앞둔 환자이다. 그런 그가 살아 있는 우리들에게 살아 있음의 의미, 죽어 감의 의미를 들려준다. 그는 마지막 숨을 모아 "우리에게 어떻게 죽어야 할지를 알면 어떻게 살아야 할지를 알 수 있다."라는 메시지를 보낸다.

이 책은 모리가 세상을 떠나기 전 서너 달 동안 그의 제자 미치와 매주 화요일에 함께했던 수업 내용이 정리된 것이다. 이 수업의 주제는 '인생의 의미'였다. 이 글을 읽으면서 우리는 매사추세츠주 보스턴 근교의 서재에서 모리 교수가 들려주는 삶과 죽음에 관한 수업에 참여하게 된다. 이것을 통해 삶에서 정말 중요한 것이 무엇인지 곱씹어 보게 된다. 세상이 중요하다고 선전하는 무의미한 것들에 매달리는 대신 타인을 동정하고 공동체를 사랑하는 마음을 배우게 된다. 또 사는 것과 함께 나이 들어가는 것, 죽는 것을 소중히 여기는 마음도 배우게 된다.

내겐 유나라는 딸아이가 있다. 그 아이가 모리 교수처럼 강하고 고운 영혼을 가진 사람으로 자라길 바라며 엄마로서 기도하는 마음으로 번역했다. 아니, 그보다 내 자신이 그처럼 강하고 고운 영혼을 가진 사람이 될 각오로 번역했다. 여러 가지 의미에서 이 책은 나를 다시 깨어나게 해 준 글이었다.

번역에 오점이 있을까 조심스럽기도 하지만 모리의 이야기를 여러분과 나누고 싶은 마음이 간절하다. 우리 유나에게 바치는 그런 마음으로 여러분께 이 글을 바친다.

　지금쯤 모리 교수가 천사가 되어 우리에게 삶이 조금 힘겨워도 괜찮다고, 진짜 의미 있는 것을 향해 힘차게 나아가라고 등을 두드려 주면 좋겠다. 그리고 이제 이 글을 끝맺고 김치를 담그러 부엌으로 가는 내게도 그 사람 좋은 웃음을 보내 주었으면 좋겠다.

1998년의 어느 봄날

공경희

모리와 함께한 화요일

펴낸날	**초판 1쇄 2010년 1월 27일**
	초판 42쇄 2023년 5월 16일

지은이	**미치 앨봄**
옮긴이	**공경희**
펴낸이	**심만수**
펴낸곳	**(주)살림출판사**
출판등록	1989년 11월 1일 제9-210호

주소	**경기도 파주시 광인사길 30**
전화	**031-955-1350** 팩스 **031-624-1356**
홈페이지	http://www.sallimbooks.com
이메일	book@sallimbooks.com

ISBN	978-89-522-3675-3 03840

※ 값은 뒤표지에 있습니다.
※ 잘못 만들어진 책은 구입하신 서점에서 바꾸어 드립니다.